Sp Tal
Talcott, DeAnna.
Su ·ltima oportunidad /

OCT - - 2003

CC $3.99

DISCARD

DeANNA TALCOTT

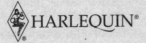
HARLEQUIN®

Editado por HARLEQUIN IBÉRICA, S.A.
Hermosilla, 21
28001 Madrid

© 2002 DeAnna Talcott. Todos los derechos reservados.
SU ÚLTIMA OPORTUNIDAD, Nº 1378 - 11.6.03
Título original: Her last Chance
Publicada originalmente por Silhouette Books

Todos los derechos están reservados incluidos los de reproducción,
total o parcial. Esta edición ha sido publicada con permiso de
Harlequin Enterprises II BV.
Todos los personajes de este libro son ficticios. Cualquier parecido
con alguna persona, viva o muerta, es pura coincidencia.
® Harlequin, logotipo Harlequin y Julia son marcas registradas por
Harlequin Books S.A.
® y ™ son marcas registradas por Harlequin Enterprises Limited y
sus filiales, utilizadas con licencia. Las marcas que lleven ® están
registradas en la Oficina Española de Patentes y Marcas y en otros
países.

I.S.B.N.: 84-671-0604-2
Depósito legal: B-17211-2003
Editor responsable: M. T. Villar
Diseño cubierta: María J. Velasco Juez
Fotomecánica: PREIMPRESIÓN 2000
C/. Matilde Hernández, 34. 28019 Madrid
Impresión y encuadernación: LITOGRAFÍA ROSÉS, S.A.
C/. Energía, 11. 08850 Gavá (Barcelona)
Fecha impresión Argentina:22.9.04
Distribuidor exclusivo para España: LOGISTA
Distribuidores para Argentina: interior, BERTRAN, S.A.C. Vélez
Sársfield 1950 Cap. Fed./ Buenos Aires y Gran Buenos Aires,
VACCARO SÁNCHEZ y Cía, S.A.
Distribuidor para Chile: DISTRIBUIDORA ALFA, S.A.

Capítulo 1

¡MALDITA sea! —Chase Wells hizo una mueca de dolor mientras se apoyaba en la pared del establo. Tardó un minuto en estirarse del todo y cuando intentó mover la pierna... tuvo que apretar los dientes para contener otra maldición.

Podía imaginar a su madre regañándolo:

«¡Muérdete la lengua, Chase Benton Wells!»

Apretó tanto los dientes que le dolieron.

Pero él no era de los que se rendían. Nunca lo había sido y nunca lo sería. Llevaba toda la vida trabajando en aquel rancho y se había hecho daño muchas veces.

A los siete años se cayó de una camioneta, a los doce volcó con el tractor, a los diecisiete fue corneado por un toro y a los veintitrés estuvo a punto de ahogarse intentando cruzar un río a lomos de su caballo. Un enemigo de cuatro años no iba a ganarle la partida.

Pensaba domar a esa yegua o morir en el intento. Era el animal más cabezota que había criado en su vida. Cuatro años antes, su madre, una mesteña, se había enamorado de un caballo salvaje y saltó la verja para reunirse con él. Cuando la recuperó, meses después, estaba preñada de la arpía que más tarde se llamó Peggy Sue. Y la yegua aparentemente había heredado el mal carácter de su padre.

El día anterior le había dejado su sello: una patada en la barriga. Y dos días atrás lo había mordido.

Chase se apartó de la pared e intentó caminar sobre la pierna buena. Se quitó los guantes y los metió en el bolsillo del pantalón antes de apoyar el pie en el suelo para comprobar si estaba roto. El dolor, terrible, lo hizo apretar los dientes de nuevo.

Era demasiado viejo para aquello. Treinta y cuatro años y cojeando como un vaquero novato.

Tras él, Peggy Sue seguía golpeando las paredes del cajón. Pero Chase no le dio la satisfacción de mirarla. Sencillamente salió del establo... cojeando.

Entonces oyó el ruido de un motor y el abrasador sol de Wyoming le obligó a guiñar los ojos. Frente al porche había un descapotable rojo. Tras el volante, con el cabello rubio flotando al viento, un ángel.

Se quedó mirando, incrédulo. Sí, aquello confirmaba sus temores. Había muerto y estaba en el cielo. La patada de la yegua lo había mandado al otro barrio.

Esperaba que la angélica joven flotase para salir del coche, pero lo hizo de la forma tradicional: abriendo la portezuela. Era evidente que no llevaba las alas puestas. Lo que llevaba era una camiseta que se ajustaba a sus angelicales curvas, unos vaqueros que le sentaban como un guante y sandalias de tacón.

Chase fue cojeando hacia ella. Esta lo saludó con la mano y la pulsera que llevaba brilló bajo la luz del sol.

Chase se tocó el sombrero, a la típica manera de Wyoming, preguntándose qué hacía una mujer como aquella en un sitio tan remoto como Horseshoe Fall.

—Espero que este sea el sitio. Usted debe de ser Chase Wells.

—Así es —contestó él, secándose las manos en los vaqueros... y aprovechando la oportunidad para mirarla de arriba abajo; desde el pelo dorado hasta las uñitas de los pies, pintadas de rojo.

La primera impresión era tremenda. Aquella chica era tan guapa de cerca como de lejos, y tan suave como su elegante acento. Era bajita, pero esbelta y se movía con aire de confianza. Tenía unos ojos increíblemente azules, como dos zafiros, y unas cejas perfectas... aunque él no sabía mucho de cejas.

Entonces ella sonrió, y el dolor que Chase sentía en la pierna desapareció como por arte de magia. La cojera se convirtió en una molestia sin importancia. Le sorprendió que sus labios pareciesen mojados. Unos labios que sabían sonreír... y seguramente besar.

—Encantada —dijo ella entonces, estrechando su mano—. He tardado un siglo en encontrar el rancho. Creo que me equivoqué de camino a pocos kilómetros de aquí. Soy Mallory Chevalle.

—Encantado, señorita Chevalle.

—Este sitio es precioso —sonrió ella, señalando las montañas—. Parece más un hotel que un rancho.

—No está mal —murmuró Chase, preguntándose qué hacía en el Bar C una chica que llevaba pendientes de diamantes.

Mallory Chevalle rio, un sonido rico que parecía salirle del alma.

—No sé de dónde saca tiempo para trabajar. Yo estaría todo el día paseando a caballo.

—En un rancho no hay mucho tiempo para la diversión.

—Es una pena, especialmente cuando se crían caballos tan buenos.

—¿Sabe algo de caballos?

—Algo. Y me quedé impresionada con alguna de sus yeguas en la feria de California.

Chase asintió, sumando dos y dos. Su socio, Bob Llewelyn, exhibía sus caballos dos veces al año. Bob era un tío afable, que hacía amigos en todas partes.

—¿Y ha venido hasta aquí para ver a las yeguas de cerca?

—No... me envía su socio.

—¿Cómo?

—Le dije que quería comprar una yegua y él me contó que tenían una mesteña, hija de un caballo salvaje. Y algunos otros ejemplares interesantes.

Chase miró hacia el establo. No había cerrado la puerta y temía que Peggy Sue montase alguno de sus espectáculos.

—Sí, así es. Pero, ¿qué le interesa exactamente?

—¿Por qué no me enseña lo que tiene?

Aquella respuesta le pareció... rara, falsa. La experiencia le decía que los compradores siempre sabían lo que querían. O necesitaban yeguas de cría o un buen caballo de monta. O un semental o un pony para los niños. Chase la miró, suspicaz. No podía haber ido hasta allí solo para echar un vistazo.

—Me esperaba, ¿no? —preguntó Mallory Chevalle.

Chase se preguntó entonces si debería haber escuchado los mensajes del contestador... y en ese momento sintió una vibración cerca del pecho. Aunque podría ser una reacción ante la presencia de aquella belleza, era el móvil.

—Perdone —murmuró, alejándose unos pasos.

—¿Chase? —era su socio, Bob Llewelyn.

—Dime.

—Lo siento, amigo. Se me olvidó decirte que Mallory Chevalle irá esta tarde al rancho. Puedes acomodarla durante un par de días, ¿verdad? Su padre es un naviero multimillonario, Hewitt Chevalle —siguió Bob. Chase miró a la joven de reojo. Ahora entendía lo de los diamantes—. Mallory está interesada en comprar caballos para la finca de su padre en Narwhal.

—Gracias por el aviso, Bob.

—De nada.

—Está aquí.

—Ah. La casa no estará hecha un asco, ¿no?

—Esto es un rancho, no un balneario —replicó Chase.

—La verdad, nos vendría muy bien una cliente como ella.

—Tengo que encargarme de cuarenta caballos, Bob. No me queda tiempo para jugar al tenis. Lo siento.

—Pero es que a Mallory le gustan los caballos de verdad. Ponla a trabajar. No será un estorbo, te lo aseguro.

—Ponerla a trabajar... ¿cuándo, antes o después del caviar y el queso de Brie?

—Te equivocas —suspiró Bob—. Mallory no es una niña mimada. No te dará ningún problema.

—Ya.

—Lo digo en serio. El dinero no es problema para los Chevalle de Narwhal. Están forrados, pero no van por ahí dándoselas de millonarios.

Mallory heredará una fortuna, pero es una chica estupenda.

—Genial, lo apuntaré en mi diario —replicó Chase.

—Haz que pase unos días agradables. Te lo digo por el bien del Bar C.

Sabiendo que no tenía más alternativa que aceptar, Chase se despidió de su socio. Aunque Mallory se había dado la vuelta discretamente, supuso que habría oído parte de la conversación.

—No se lo había dicho, ¿verdad?

—Mi socio no es precisamente muy organizado. No se le da bien llegar a su hora, enviar mensajes o pagar los impuestos a tiempo. Así que no me había dicho nada de su visita, señorita Chevalle.

—Mallory. Llámame Mallory.

Chase asintió.

—Narwhal. ¿Eso está cerca de Mónaco?

—Cerca —contestó ella, intentando disimular una sonrisa. Los norteamericanos eran muy peculiares en cuanto a los millonarios europeos. Y le apetecía reírse un poco—. Por cierto, he oído algo sobre un partido de tenis. ¿Le apetece jugar? Me gustaría mucho verlo en pantalón corto.

Chase la miró sin mover un músculo. Era guapo. Tenía el pelo negro, como un cherokee, el mentón cuadrado, la nariz recta y, bajo unas pestañas muy largas, unos ojos de color gris metal.

—¿Tenis? Pensé que habías venido a comprar caballos.

Mallory puso cara de inocente.

—Sí, claro. Pero el tenis alivia mucho el estrés, ¿no te parece?

Él respiró profundamente, como haciendo un ejercicio de paciencia.

—Mira, esto es Wyoming. Aquí no perdemos el tiempo con jueguecitos. Y los únicos pantalones cortos que tengo son los calzoncillos.

Mallory Chevalle soltó una carcajada.

—Entonces nos llevaremos bien. Hace cinco años que no toco una raqueta —le confesó, sin dejar de sonreír—. Bob me dijo que podría quedarme aquí una semana. Hasta que decidiera qué caballos me interesan.

Chase no contestó. Sencillamente la miraba, pensativo.

—Puedo dormir donde sea. De verdad.

—Ya —murmuró él. No parecía convencido en absoluto.

—Puedo dormir en el sofá. Y prometo no molestar en absoluto.

—Eres muy persistente, ¿verdad? Mira, no lo entiendes. Esto no es un hotel, es un rancho. Es un negocio, me dedico a vender caballos, no a servirle el desayuno a nadie.

—Genial. Porque justo eso es lo que estoy buscando. Quiero un caballo perfecto. Algo especial y único... para mi padre. Y por lo que Bob me ha dicho, tú lo tienes. Te garantizo que pagaré un buen precio.

Mallory no quería parecer pretenciosa, pero estaba decidida a comprar la yegua de la que Bob le había hablado. La salud de su padre se deterioraba cada día más y no tenía tiempo que perder.

—No es cuestión de...

—Una semana. Una semana de tu vida por una buena venta. No es tan difícil, ¿no? Si no encuentro nada que me guste, me iré. Por otro lado...

—¿Sí?

—En Narwhal hay un campamento de verano para niños huérfanos y me gustaría regalarles un caballo. Si no encuentro una cosa, puede que encuentre otra. Además, podría dormir en el dormitorio de los peones. Hay un dormitorio de peones, ¿no? —preguntó Mallory entonces, mirando alrededor—. En las películas siempre lo hay.

Chase levantó una ceja.

—Sí, claro, te imagino bebiendo y jugando al póquer con los chicos. Mira, me parece bien que quieras llevarte un pony para los niños, pero yo me dedico a algo más que vender caballos. Tengo una reputación como criador... y eso significa que no se los vendo a cualquiera.

Mallory apretó los labios, pero intentó disimular que había herido su orgullo. Iba a comprar aquella yegua para su padre aunque tuviera que soportar los groseros comentarios de aquel hombre.

—Yo no soy cualquiera. Soy Mallory Beatrice Chevalle de Narwhal, experta *equestrienne*... amazona para ti, en el idioma de Wyoming. Puedo pagar el precio que me pidas y sé mucho de caballos.

—¿De verdad?

—De verdad.

—Muy bien. Entonces puedes dormir en la habitación de invitados —dijo Chase por fin—. El desayuno está en la mesa a las seis de la mañana. El resto del día consiste en trabajar y trabajar. Nada de juegos. La comida es de rancho y el trabajo también. Empezaremos esta misma tarde.

Capítulo 2

CHASE observó a Mallory inclinándose sobre el asiento del descapotable. El movimiento de sus caderas, la curva de sus pechos... aquella chica lo excitaba.

Irritado por esa inconveniente reacción, tomó el sombrero de la camioneta y se lo encasquetó mientras Mallory sacaba una maleta del coche sin esfuerzo aparente.

Chase se sintió culpable. No quería tratarla mal, pero tenía mejores cosas que hacer que mimar a una heredera de vacaciones. Particularmente una que pensaba comprarse un capricho, en forma de equino, para llevárselo a Narwhal.

Quizá era el recuerdo de su hija, Skylar, lo que hizo que la aceptara en su casa. Desde que la había perdido había pensado mucho en lo que era importante y lo que no. Si lo del campamento de verano para niños huérfanos era cierto no quería tener remordimientos.

Pero cuando se levantó aquella mañana no sabía que iba a tener que acomodar en su casa a una heredera europea. Imaginarla durmiendo en su sofá era... como imaginar a Blancanieves en medio de un montón de duros, malolientes y groseros peones. No podía ser.

—Deja que te ayude —dijo por fin.

Ella pareció a punto de protestar, pero la protesta murió en sus labios cuando tomó la maleta. Al hacerlo rozó su mano y sintió como una descarga eléctrica. Chase hizo una mueca. No era nada, solo un efecto de la semana anterior, cuando Peggy Sue se la aplastó contra la pared del cajón.

—Gracias —sonrió Mallory.

Chase caminó delante, sin mirarla, clavando las botas en el camino de tierra.

Como si no la perturbase su evidente mal humor, Mallory Chevalle entró tras él en la casa y sonrió al ver las vigas del techo, el suelo de madera de pino y la chimenea de piedra.

—Qué agradable.

—Sí, el típico refugio de caza, supongo.

—En mi país no cazamos por diversión. Somos famosos en el mundo por el exquisito trato que damos a nuestros animales. La leyenda dice que nuestra pequeña isla se hizo invencible cuando un campesino, arriesgando su vida, liberó a un caballo de su bárbaro dueño. Por su bondad, el campesino se hizo muy rico. Sus hijos, castos y puros de corazón, se hicieron amigos del caballo y vivieron prósperamente toda su vida. Durante generaciones, la gente de mi país ha respetado ese gesto. Y yo también lo respeto.

Chase la miró como si le hubiera crecido un cuerno en la cabeza. Pero ella parecía tan tranquila.

—Ah, leyendas, ya veo. Perdona, pero no sé nada sobre Narwhal.

El suelo del salón estaba cubierto de alfombras indias y había sillones de cuero frente a la chimenea. Mallory pasó la mano por el respaldo de una silla de madera.

—Los artesanos locales hacen muy buenos trabajos.

—Compré esas sillas en una tienda de segunda mano. Si miras bien, seguro que encuentras la etiqueta de *Made in Taiwan*.

—Tienes una casa estupenda, Chase. Da igual dónde hayas comprado los muebles.

La educación y la simpatía de Mallory Chevalle hicieron que se sintiera como un grosero. No era difícil explicar por qué se encontraba incómodo a su lado, pero no tenía por qué estar a la defensiva. Desde Sharon... y particularmente desde la muerte de Skylar, solía ser antipático con gente que no se lo merecía.

—Gracias —suspiró entonces—. La vieja casa, en la que yo crecí, se quemó hasta los cimientos hace diez años.

—Ah, lo siento. Qué pena.

—Aquí somos fuertes. Un poco como el fénix que renace de sus cenizas.

Mallory sonrió de nuevo.

—Conozco esa leyenda. Y me encanta.

Chase sonrió a su pesar, dejando la maleta en el suelo.

—Conoces muchas historias. De Narwhal, del fénix...

—Siempre me han fascinado. Creo que hay una gran verdad en las leyendas. Particularmente para los que creen en ellas.

La sinceridad que vio en su mirada lo intrigó.

—¿Y tú crees en ellas?

—Mi país está plagado de leyendas que pasan de generación en generación. Ha sido así durante cientos de años. Creo que son muy sabias y que de ellas se pueden aprender muchas lecciones.

—Bueno... en cuanto a nuestro fénix particular, pudimos reconstruir la casa exactamente como la queríamos ·—dijo Chase, señalando una de las ventanas—. Antes esas colinas estaban escondidas detrás de un garaje.

—Ah, así eran nuestros antepasados. Todo era funcional, nunca pensaban en la belleza.

«Belleza». Con Mallory aquella palabra adquiría un nuevo significado. Chase apartó la mirada, intentando no dejarse afectar por los ojos azules, por las ondas de su pelo rubio.

—Mi familia tiene una casa así frente al mar. Por la noche hace frío y hay corriente por todas partes... No soporto tener que ir allí. A mí me gusta el calor, las cosas cálidas.

Absurdamente, Chase se imaginó abrazándola para darle calor. Al mismo tiempo se le ocurrió que podrían hacer buena pareja. Muy buena pareja...

Irritado consigo mismo, volvió a tomar la maleta. Llevaba dos años sin estar con una mujer y el final de aquella relación había sido muy doloroso. No pensaba pasar por ahí otra vez.

—La habitación no es nada elegante —dijo entonces, dirigiéndose hacia la escalera—, pero...

—No he venido aquí pensando que era un hotel. He venido porque sabía que encontraría algo especial. Y no pienso quedarme, Chase. Estoy deseando volver a casa, con mi padre.

La habitación que Chase le había ofrecido era tan encantadora como el resto de la casa. La cama era de madera de pino, los muebles rústicos, pero muy agradables. Incluso había una antigua lámpara de aceite.

—Si necesitas alguna cosa más... toallas, jabón...

—No, he traído de todo.

—En el pasillo del armario hay mantas.

—Gracias —sonrió Mallory, abriendo la maleta.

Lo primero que sacó fue un camisón de seda negra, casi transparente. Estaba deseando quitarse las botas y no se fijó en él... hasta que vio a Chase mirándolo. Ese camisón estaba completamente fuera de lugar allí.

—Debería haber traído pijamas de franela, ¿verdad?

Chase parpadeó, como si lo hubiera despertado de un sueño.

—No, no...

—Supongo que aquí hace frío por las noches.

—¿Frío? —repitió él, confuso—. No, en junio no hace frío.

—Por tu forma de mirar el camisón...

Chase se aclaró la garganta.

—Esta es una tierra de peones, Mallory. No vemos cosas así en el tendedero.

—No te entiendo.

—Aquí para que seque la ropa hay que colgarla en el tendedero.

—Ah, ya veo. No te preocupes, no colgaré estas... cosas en el tendedero. ¿Podría colgarlas en la ducha? No quiero ofender a nadie.

—Sí, claro, muy bien. ¿Qué tal si preparo unos bocadillos y luego vamos a ver los caballos? Tú quieres volver a casa lo antes posible y yo no quiero retenerte aquí más tiempo del necesario —dijo Chase, mirando las diminutas prendas de encaje que asomaban por la maleta abierta—. Puedes guardar todas esas... —no terminó la frase. Por alguna razón, no le salía decir «bragas» delante de aquella millonaria europea.

—No te preocupes, no ocuparé mucho sitio.

Mallory lo observó mientras salía de la habitación sintiendo un extraño pellizco en el estómago.

La habitación de Chase estaba al lado de la

suya y tendrían que compartir el cuarto de baño. Aunque no esperaba tener tanta intimidad como en su casa de Narwhal, la idea de vivir en aquel rancho la perturbaba un poco.

No, la perturbaba Chase Wells. Lo había hecho desde que había puesto los ojos en él.

No había una explicación lógica para aquel sentimiento. Veía hombres todos los días. Su padre había tenido que criarla solo cuando su madre murió de neumonía a muy temprana edad y había crecido rodeada de hombres. Sus estudios de Historia y Derecho Internacional la ponían en contacto diario con hombres de negocios que contrataban la compañía naviera de su padre.

Sin embargo, ninguno de ellos la interesaba, ni provocaba los sentimientos que su encuentro con Chase había provocado.

Chase Wells era el típico hombre-hombre, con aspecto duro y unos hombros que no entraban a través de una puerta. Pero tenía una sonrisa preciosa y unos ojos oscuros, muy profundos. Su mirada gris era tan seductora como el humo, tan brillante como la plata.

Pero era absurdo pensar esas cosas. Tenía que conservar su inocencia, particularmente en aquel momento. La salud de su padre estaba muy deteriorada y solía recordarle que tendría que ser ella quien dirigiese el imperio naviero tras su muerte. Hasta entonces quería que su única hija disfrutase de libertad. Pero cada día que estaba alejada de él lo añoraba más.

Su padre, Hewitt Chevalle, era un hombre de honor. La educó para que no fuese una niña mimada, sino inteligente, una persona que buscase la paz, no el enfrentamiento. Cuando se mostraba decidida, su padre se sentía orgulloso; cuando se ponía insufrible, le llamaba la atención.

Sí, Chase Wells le vendería un caballo y después se dirían adiós. La finca de su familia, situada en el valle donde la leyenda contaba que había vivido el unicornio, era un lugar de ensueño, con un laberinto de riachuelos, árboles y flores. Mallory estaba convencida de que si podía llevar un caballo salvaje al valle de Narwhal su padre recuperaría la salud... y ella no tendría que dirigir aquel imperio naviero tan pronto. Si su padre mejoraba, aunque fuera solo durante unos años, sería una bendición.

Chase Wells, sin saberlo, podría ser la solución a todos sus problemas. La afectaba de una forma absurda y primitiva que Mallory no podía entender, pero lo superaría. Tenía que hacerlo.

Además, no había alternativa porque el tiempo y la salud de su padre se le escapaban de las manos.

Tomaron sopa de tomate y un bocadillo de queso. Y Mallory disfrutó de ambas cosas.

—Supongo que Bob te habrá dicho que ninguno de sus caballos está en venta —le advirtió Chase, levantándose para llevar los platos al fregadero—. Tea Rose está llamando tanto la atención que sería una locura venderla. Y en cuanto a Ruger's Opal y Ruger's Delight... ya hemos recibido varias ofertas por ellos.

Mallory se dedicó a colocar las servilletas de papel, mirándolo por el rabillo del ojo.

—Lo que despierta interés en las ferias no despierta necesariamente el mío. Yo estoy interesada en algo especial. La idea de comprar un caballo con sangre de mesteño me fascina.

Un mesteño. A Chase se le encogió el corazón. Skylar adoraba a Peggy Sue.

—Supongo que tu padre tendrá muchos pura sangre.

—La verdad es que sus cuadras empiezan a flaquear —sonrió Mallory—. Le he confiscado varios caballos para el campamento de verano. Pero nunca se niega.

—Eres una niña mimada, ¿eh?

—Por supuesto. ¿No lo son todos los hijos únicos?

El recuerdo de Skylar le encogió el corazón... cómo lo engatusaba para conseguir lo que quería, el brillo de sus ojos, su risa.

—No lo sé —dijo con voz ronca—. Yo tengo un rancho que me da mucho trabajo, no puedo perder el tiempo mimando niños.

Mallory dejó escapar un suspiro.

—Pues deberías; te reporta muchas satisfacciones. Por supuesto, tengo que admitir que la finca de mi padre me viene muy bien para llevar a cabo mis propósitos. Se llama *Dunois denoire et Legina de Latoix*.

—¿Perdona?

—En tu idioma, «El valle de las leyendas perdidas», más o menos. Miles de acres de valles interminables, riachuelos y flores. Y está protegido por una cadena de montañas.

—Se parece mucho a Wyoming.

—No creas. Al oeste, detrás de la montaña más alta, está el océano Atlántico.

Chase sonrió, imaginando a uno de sus caballos en aquel sitio que Mallory Chevalle describía como un paraíso.

—Encontraremos algo que puedas llevarte a Narwhal. Mis peones están ahora reparando las cercas, pero Lewt ha ido a ensillar un par de caballos para que los pruebes. Cuando quieras podemos ir al corral.

—Ahora mismo —sonrió ella, levantándose—. Y gracias por la comida.

—Bob dice que podría ponerte a trabajar, pero no creo que lo dijera en serio. En la misma frase me advirtió que debía tratarte bien.

—¿Ah, sí? Es un tipo muy agradable. Me cayó bien inmediatamente.

Ese comentario hizo que Chase sintiera una absurda punzada de envidia.

—Sí, Bob es un tío en el que se puede confiar.

—Si pudiera elegir un hermano mayor, sería como él. Eso es lo que parece, un hermano mayor, un amigo.

¿Hermano mayor, amigo? Aparentemente, no había habido nada entre ellos. Y eso que Bob tenía fama de mujeriego. Eso lo alivió, aunque era absurdo... sobre todo, después de Sharon.

—Vamos, voy a enseñarte algunos de mis caballos.

—Estoy deseando verlos —sonrió Mallory.

Era una sonrisa de cine y Chase tuvo que apartar la mirada.

Lewt, el más viejo y más simpático de sus peones, había ensillado dos animales: una yegua de color blanco amarillento que se llamaba Jellybean y un caballo castrado de color castaño llamado Lucifer.

—Lewt, te presento a nuestra invitada... —Chase prefirió no decirle que era Mallory Chevalle, heredera de la naviera Chevalle—. Está interesada en comprar un pura sangre.

—Señorita —sonrió Lewt, tocándose el sombrero.

—Encantada. Deben pasarlo muy bien aquí, todo el día rodeados de caballos.

—Pues sí, señorita. Y esta es una buena pieza —dijo el hombre, acariciando el cuello de la yegua.

—Ruger's Rose de Sharon —explicó Chase—. También conocida como Jellybean.

—¿Jellybean?

Lewt señaló la cabeza del animal. En lugar de la típica estrella, la yegua tenía tres puntos blancos, como los caramelitos de goma conocidos por ese nombre.

—Es preciosa —sonrió Mallory.

Chase la observó en silencio mientras pasaba la mano por el cuello y los flancos de la yegua, murmurando palabras cariñosas. Tenía manos de aristócrata; nudillos delgados, dedos largos, uñas perfectas...

Y quizá era cierto que sabía algo de caballos.

Mallory se inclinó entonces para examinar las patas de Jellybean, pero Chase estaba más interesado en observar su redondo trasero. Recordó entonces las braguitas que había visto en su maleta...

Mallory soltó el casco de Jellybean y en la mente de Chase sonó como un punto y final para aquellos absurdos pensamientos.

—Músculos firmes, duros.

—Todo eso y más —murmuró él, tomando las riendas—. Voy a moverla un poco, a ver qué te parece.

Necesitaba ocupar sus manos con algo. Sus manos y su cabeza. Chase subió de un salto a la silla y dio una vuelta por el corral, tirando de las riendas cuando el animal decidía ponerse a trotar.

Mallory y Lewt estaban apoyados en la cerca y, de vez en cuando, la veía inclinarse para decirle algo al peón.

—Levanta mucho la cabeza cada vez que recibe una orden, ¿no? —estaba preguntando ella cuando se acercó.

—Sí —contestó Lewt, escupiendo al suelo como para confirmar la impresión—. No me había dado cuenta hasta que me lo has hecho notar.

Chase sintió que el valor de sus caballos disminuía.

—Vamos a echarle un vistazo a Lucifer.

Pero Lucifer, decidió Mallory, tenía tendencia a mover demasiado la cola. Para consternación de Chase, Lewt estuvo de acuerdo.

Mientras el peón devolvía los caballos al establo, Chase sacó a Topacio, una yegua joven cuya agilidad para girar y detenerse en un segundo eran sus mejores habilidades. Cuando Mallory le pidió que la dejase montarla, contuvo una sonrisa de satisfacción, planeando ya la cena de despedida.

Pero cuando bajó de la silla, Mallory Chevalle de Narwhal dijo que Topacio era una yegua estupenda, pero un poco delicada de remos.

—¿Delicada de remos? —repitió Chase, incrédulo.

—Quizá un caballo más corpulento... —murmuró ella, acariciando las orejas del animal.

Su respuesta fue Stretch, un caballo de tres años.

Demasiado grande, según Mallory Chevalle.

Spinner, una yegua de cinco años. Demasiado delgada, según ella.

Derby, un semental de cuatro años. Doblaba las rodillas.

Exasperado, Chase la fulminó con la mirada. Era la mujer más exigente que había conocido en su vida. Sus caballos eran admirados en todo el país. Las imperfecciones de las que hablaba eran... imperceptibles.

Chase respiró profundamente, decidido a venderle un caballo o morir en el intento.

—Tengo una yegua negra...

—¡No, no! —lo interrumpió Mallory—. Tuve una yegua negra y fue una tortura. Negra como el infierno era. Y juré no volver a tener una en mis establos.

Él dejó escapar un suspiro.

—¿Sabes una cosa? Francamente, no sé qué estás buscando.

—No te preocupes, ya lo encontraré —sonrió Mallory.

—¿Seguro que no has confundido el Bar C con algún otro rancho en California?

—Desde luego que no.

—Pero no te interesa nada.

—Porque aún no lo he encontrado. Estoy buscando algo especial —reiteró ella—. Algo diferente, con mucho brío. No tiene por qué ser perfecto, pero debe poseer cualidades únicas. Tiene que ser un caballo diferente, algo fuera de lo común.

Chase no oyó la última frase. Estaba pensando en Peggy Sue, la bestia que lo había aplastado contra la pared del establo. Ese era un animal diferente. No solo era única, era insufrible.

Pero no podía venderle a Peggy Sue porque su reputación de criador se resentiría. No, no podía mostrarle esa maldita yegua.

—Encontraremos algo especial para ti, Mallory. Te lo garantizo.

Capítulo 3

MIENTRAS fregaba los platos, Mallory miró por la ventana de la cocina. Se preguntaba si el caballo del que le había hablado Bob Llewelyn, el que tenía sangre de mesteño, existía de verdad. Pero no podía preguntarle a Chase porque no quería despertar sospechas.

¿Habría estado Bob jugando con ella? ¿Le habría tomado el pelo?

Llevaba tres días en el rancho y Chase le había mostrado dos docenas de caballos. Pero ninguno de ellos le interesaba. Le dijo entonces que seguramente compraría un animal dócil para el campamento de verano, pero solo para tranquilizarlo.

En cuanto al caballo para su padre... estaba empezando a quedarse sin posibilidades. Y Chase empezaba a perder la paciencia.

Su estancia en el rancho era muy agradable. Más que eso. La noche anterior, durante unos segundos se había quedado perdida en la mirada de Chase Wells. Él la miraba de una forma fascinante.

Ningún hombre la había mirado así. Ni siquiera en los sitios más exóticos, ni siquiera por encima de una copa de champán.

Se preguntó entonces si lo que le hacía sentir era... deseo. Si así era, tendría que ponerle fin. No podía atarse emocionalmente a nadie. No cuando estaba a punto de conseguir lo que quería...

Entonces se abrió la puerta de la cocina y Chase entró sujetando su mano derecha con cara de dolor.

—¿Qué ha pasado?

—Pues... me he pillado la mano con la puerta del establo.

Mallory parpadeó. ¿Otra vez?

Chase Wells era uno de los hombres más atractivos que conocía, pero también uno de los más torpes.

El día anterior había tropezado con un cubo y se había torcido un tobillo, el anterior con unas cinchas que había en el suelo del establo, golpeándose el hombro. Su casa era prácticamente una farmacia y estaba constantemente quitándose o poniéndose vendas, bolsas de hielo, mercromina y antisépticos.

—Déjame ver... ¿Te has hecho esto con una puerta?

—Pues... bueno, es que uno de los caballos se puso tonto. Intentamos salir por la puerta los dos a la vez.

—Y parece que ganó el caballo, ¿no? —sonrió Mallory, llevándolo hasta el fregadero—. Hay que lavar la herida y poner un poco de antiséptico.

Al abrir el grifo, el calor de la mano del hombre y el frío del agua la hicieron experimentar una extraña sensación.

—No es nada, solo un rasguño —dijo Chase, apartándose.

—No voy a hacerte daño.

—Lo sé, pero...

—¿Sí?

—No necesito una enfermera.

Mallory contuvo una risita.

—¿Ah, no? Pues yo diría que sí.

Sin un gesto de compasión, tomó el bote de agua oxigenada y echó un chorro en la herida.

—¿Estabas fregando los platos? —preguntó Chase.

—Sí. Lo considero un intercambio justo por la comida.

—Ya, claro. Pero seguro que no habías comido estofado en tu vida.

—La verdad es que no —dijo ella, conteniendo la risa—. Me criaron a base de caviar, ostras, langosta y pato a la naranja.

—Ya me imagino.

Suspirando, Mallory levantó los ojos al cielo.

—No te caigo bien, ¿verdad?

—Claro que me caes bien. Eres la millonaria más simpática que he conocido nunca.

—¿Es por el dinero? ¿Te hace sentir incómodo?

Chase intentó buscar una respuesta, pero no la encontraba. La verdad era que Mallory se había portado de forma encantadora desde que había llegado allí. Reía y el mundo sonreía con ella. Lo tocaba y su corazón se volvía loco.

Pero no podía decirle eso. No podía decirle cómo se sentía cada vez que estaba cerca de ella.

—Supongo que te debo una disculpa. Quizá no tengo experiencia con mujeres de tu calibre.

—¿De mi calibre? Eso tiene que ver con las armas de fuego, ¿no? ¿Me estás llamando explosiva?

Chase sonrió.

—Cielo, tú eres una bomba.

—¿Qué?

—Nada, es una expresión. Una bomba es alguien que sabe lo que quiere. Una persona con carácter, impredecible y... quizá un poco dura.

—¿Crees que soy dura?

Él miró sus labios y se preguntó absurdamente si serían tan suaves como parecían.

—Decidida, más bien. Sí, eres una mujer decidida y obstinada.

—Ah, ya. Pero eso de la bomba suena a... deseable —dijo Mallory.

«Deseable». Esa no era precisamente la palabra que Chase quería oír en aquel momento. Estaban demasiado cerca. Sus cuerpos parecían buscarse el uno al otro, como por decisión propia. La respiración de Chase se hizo más pesada...

Solo tendría que hacer un movimiento.

Solo uno.

Y se preguntó entonces si en Narwhal le cortarían la cabeza a un hombre por comprometer a una joven soltera.

Quizá valdría la pena.

Mallory respiró profundamente y Chase se percató de que sus pechos temblaban ligeramente bajo la blusa de seda.

Ajá. El juego empezaba a afectarla también.

—También significa deseable —dijo él entonces—. Y muy sexy.

Ella lo miró con los ojos muy abiertos, como si el comentario la hubiera pillado absolutamente por sorpresa.

—Tengo que fregar las tazas —murmuró, volviéndose bruscamente—. Y después, antes de que oscurezca, iré a dar un paseo. ¿Quieres venir conmigo?

Chase miró su perfil. La nariz recta, la graciosa curva de su barbilla. No. Absolutamente, no. En la oscuridad, iluminados por la luz de la luna, con una mujer como Mallory... una mujer que lo hacía temblar. Eso sería una trampa mortal.

—No. Tengo que... leer el periódico.

—¿Estás seguro?

—Sí.

Parecía decepcionada. Seguramente no estaba acostumbrada a que le dijeran que no. Seguramente le gustaba hacer las cosas a su manera... incluso debajo de las sábanas.

Sin embargo, cuando la vio salir de la cocina, le embargó una absurda sensación de tristeza.

Chase no podía concentrarse; nada de lo que leía tenía el mínimo interés. No debería haber dejado que Mallory saliera a pasear sola. Llevaba fuera más de una hora.

Quizá estaría charlando con alguno de los peones; la seguían como cachorros a cada oportunidad. Gabe, un chaval de veinte años, solía presumir delante de ella de sus hazañas en el rodeo. Tony, de ascendencia hispana, la llamaba «señorita», como si hubiera crecido en México y no en Wyoming.

Tirando el periódico sobre la mesa, Chase estiró las piernas. Debía admitirlo: Mallory Chevalle estaba poniendo su vida patas arriba. Cuando volviera a casa, tanto él como sus peones la echarían de menos.

Y sabía de caballos, también debía admitir eso. Había dicho que no quería un animal de exhibición, pero sus críticas indicaban lo contrario.

Chase tuvo que sonreír al recordar la excusa que dio para no comprar a Pritchett, la última yegua que le había ofrecido: tenía las orejas demasiado puntiagudas.

Entonces dobló la mano, mirando la venda. Recordaba los dedos de Mallory examinando la herida, acariciándolo...

Peggy Sue seguía portándose como una bestia y ella debía pensar que era un inepto. El día anterior le había pateado un pie, el martes lo aplastó contra el cajón, casi dislocándole un hombro. Aquella fiera tenía una fuerza tremenda, aunque estaba tan débil que algunos días apenas podía levantar la cabeza. Había llegado la hora de tomar una decisión sobre ella. Y cuanto antes, mejor. Era un serio riesgo y sus razones para mantenerla en el establo empezaban a debilitarse.

De nuevo miró su mano. No sabía por qué pasaba tanto tiempo pensando en Mallory, cuando era Peggy Sue quien estaba dejando marcas en su cuerpo.

Haciendo una mueca de dolor, Chase se levantó y tomó el sombrero.

—Hora de encontrar a la mujercita.

Pero cuando salió al porche y vio que alguien había abierto el establo este, sintió un sudor frío. Enseguida olvidó el dolor de la mano y prácticamente salió corriendo.

Ya en la puerta oyó la suave voz de Mallory y los relinchos de Peggy Sue.

Si le ocurría algo...

La puerta del cajón estaba abierta y, en cuanto lo vio, la yegua le enseñó los dientes. Aunque no era muy esbelta, se movía como una reina. Su piel de color alabastro adquiría un tono gris metal en las patas. Y la cola, también blanca, estaba llena de barro.

—¿Qué te pasa, bonita? —murmuraba Mallory, acariciando su cuello.

—Mallory —la llamó Chase en voz baja—. Sal de ese cajón ahora mismo.

Ella se volvió, sorprendida.

—Lo he encontrado, Chase. ¡Este es el caballo que quería!

Tras ella, Peggy Sue se mostraba nerviosa.

—Sal de ahí ahora mismo.

Mallory perdió pie cuando la yegua golpeó su espalda con el morro, pero no se arredró.

—Es maravillosa, tiene mucho carácter y...

—Te va a matar. Sal de ahí.

—No digas bobadas. Me da igual lo que cueste... quiero esta yegua. Es todo lo que estaba buscando y más.

—No sabes lo que dices, Mallory.

—Claro que sí —sonrió ella, acariciando la cara del animal. Chase cerró los ojos un segundo, rezando para que Peggy Sue no le diera un mordisco—. Esta yegua es un sueño. Es descendiente de los caballos europeos. Mira su cuello, su cabeza, el color de...

—Esa yegua es la más malvada, canalla y sucia de este lado del Mississippi —la interrumpió Chase—. Tiene sangre de mesteño y no está en venta. Está enferma y loca como una cabra. Y ahora, o sales del cajón o te saco yo.

Ella lo miró, atónita.

—Ya sé que está enferma. Pero el espíritu de este animal...

—Mallory, te lo advierto...

—Tendrá los mejores veterinarios. Yo me encargaré de ello personalmente. Cariño, cuando te lleve a casa... —le dijo ella, dándole un golpecito en el flanco.

Peggy Sue dio un salto.

—La estás asustando, Mallory. Y si la asustas, te aseguro que lo lamentarás —dijo Chase entonces, entrando en el cajón. Peggy Sue giró la cabeza en su dirección, como retándolo a dar un paso más—. Mallory, te lo digo por tu bien...

La yegua movió las orejas, que parecían en aquel momento dos alitas. ¡Alitas, ja! El movimiento hacía que el bulto que tenía en la cabeza pareciese más prominente, como el principio de un cuerno. El cuerno del demonio. En sus pesadillas, Chase lo había visto clavado en su corazón. Según el veterinario, esa malformación no le causaba dolor... pero solo el dolor podía ser la explicación para la furia de aquella yegua y su impredecible comportamiento. Desde que Skylar murió...

Como si hubiera leído sus pensamientos, los ojos de Peggy Sue se volvieron vidriosos.

Chase movió el hombro. Sabía por experiencia propia que aquel animal era peligroso y rezaba para poder sacar a Mallory de allí. Antes de que los matase a los dos.

Entonces dio otro paso, aquella vez apoyándose en el pie que la yegua le había aplastado unos días antes. Mallory miró al animal y la sombra de una duda apareció en su rostro.

—De acuerdo, de acuerdo. Le daré un poco de alfalfa y... —dijo, moviéndose hacia el comedero.

Peggy Sue vio entonces su oportunidad y empezó a mover los cascos, con maligna anticipación.

—Tranquila, chica —murmuró Chase, levantando una mano.

Apoyándose en los cuartos traseros, la yegua levantó las patas a metro y medio del suelo. Entonces apartó a Mallory de un cabezazo para quedarse a solas con su presa: Chase.

Él dio otro paso adelante, temiendo que Mallory resultase aplastada contra la pared del cajón. Peggy Sue era un animal peligroso. Tendría que sacrificarla.

—¡Sal de ahí ahora!

Mallory consiguió escurrirse entre la yegua y la pared del cajón.

—Chase, no lo entiendes... ella nunca me haría daño. Está en su naturaleza. Ella sabe que yo...

Chase, que estaba distraído mirándola, no lo vio venir. Pero sintió los duros cascos de Peggy Sue en el costado. Oyó gritar a Mallory mientras se veía lanzado contra la pared del cajón... y, en un gesto de increíble generosidad, agradeció al cielo haber sido él quien recibiera la patada. Pero se había quedado sin aire en los pulmones y resbaló hasta el suelo como un muñeco de trapo.

—¡Chase, Chase!

Era como si el grito llegase desde dentro de su cabeza. Vio los cascos de Peggy Sue, la bota de Mallory, la curva de sus vaqueros cuando se agachaba a auxiliarlo...

—¡Chase, contéstame!

Por encima del olor a paja y estiércol de caballo, olía su perfume. Eran flores silvestres en un día de primavera. Y, enmarcado por una melena rubia, veía frente a él un rostro angelical.

—Eres tan guapa —murmuró con voz ronca, percibiendo el sabor de la sangre en su boca.

—Tengo que sacarte de aquí —dijo Mallory, tomándolo por la cintura.

Peggy Sue seguía golpeando las paredes del cajón con los cascos, furiosa, fuera de sí.

Chase sintió entonces las manos de Mallory sobre su cuerpo, seguramente comprobando si tenía algún hueso roto. Después notó que le desabrochaba el cinturón, le abría la camisa... Le daba igual el dolor, aquello era un sueño. Y quería más.

Intentó abrir los ojos y cuando consiguió fijar la mirada, vio unos labios: los de Mallory Chevalle. Y se preguntó tontamente dónde estaba Sharon. Debería estar allí, regañándolo.

—Dime algo, Chase. Dime que estás bien, por favor.

Él abrió la boca, pero solo consiguió toser.

—Lo siento, de verdad. Debería haberte hecho caso. ¿Qué puedo hacer? Dímelo, por favor.

Chase dijo entonces lo primero que se le ocurrió:

—¿Podrías... darme un beso? Me ha hecho pupa.

Mallory volvió la cabeza para mirar a Peggy Sue. Pareció dudar un momento, pero después se inclinó y le dio un beso en los labios.

Tras las pupilas de Chase explotaron fuegos artificiales... y entonces supo que estaba en el cielo.

Capítulo 4

CHASE estaba inconsciente y a Mallory se le encogió el corazón. No podía encontrarle el pulso, no podía hacerlo reaccionar.

Puso la cabeza sobre su pecho y los botones de la camisa de franela rozaron su cara. Cuando por fin notó los latidos de su corazón, mezclados con el aroma de su colonia, cerró los ojos un momento. La consolaba su proximidad, el calor de su cuerpo...

Pero no debía sentir eso, ni siquiera debía tocarlo.

Pero, ¿y si lo hubiera perdido? ¿Y si...?

Tras la puerta del cajón, Peggy Sue emitió una especie de grito, un relincho de angustia.

Mallory levantó la cabeza y vio la cara atormentada del animal.

—Tenía que hacerlo. Y solo ha sido un beso. Nada más.

Peggy Sue golpeó la puerta del cajón con el pecho.

—¡Déjalo ya! Además, la culpa es tuya.

Peggy Sue sacudió la cabeza, desafiante.

—¡Pero él no lo sabe! Y si le ocurriera algo... No sé si podría llevarte a casa. No lo sé.

La yegua siguió moviéndose en el cajón, nerviosa.

—Y me parece muy bien que estés preocupada. Mira lo que has hecho —suspiró Mallory, intentando levantarle la cabeza. Chase ni siquiera parpadeó—. ¿Chase? ¿Me oyes? No pasa nada, te llevaré al médico y...

Oyó entonces ruido de pasos tras ella, pero no podía apartar la mirada del rostro masculino.

—¿Qué ha pasado? —exclamó Lewt.

—¡Madre de Dios! —oyó que gritaba Tony—. Protégenos de la bestia.

—Al final se lo ha cargado —murmuró Gabe.

—Siempre dije que esto iba a pasar —suspiró Lewt—. Yo sabía que esa yegua iba a matarlo.

—No está muerto —dijo Mallory, intentando incorporarse. Al hacerlo, sin darse cuenta lo golpeó con la rodilla y Chase dejó escapar un gemido.

—¡Un milagro! —exclamó Tony.

—¡Respira, esta vivo! —gritó Lewt.

—Claro que está vivo. La yegua se asustó y le dio una patada, pero fue un accidente.

—Desde que ese animal está aquí, no ha habido más que accidentes.

—Ayúdame a levantarlo, Lewt. Y que alguien llame a un médico.

Chase se incorporó en la camilla, esperando que el médico le diera el resultado de los rayos X.

Mallory se sentía culpable. Debería haber sabido que habría fricciones entre Peggy Sue y Chase. Debería haberlo sospechado.

Eran las tres de la mañana y él no había dicho una sola frase coherente desde que lo habían llevado al hospital. Estaba extrañamente silencioso, pero el médico pensaba que era a causa de la conmoción.

Al menos había dejado de hablar sobre ángeles.

—Una costilla rota y otra fracturada. Ligera conmoción cerebral y múltiples magulladuras. ¿Ese caballo tiene clavos en los cascos? —preguntó el doctor.

—Más o menos.

—¿Te duele mucho?

—Solo... cuando respiro —contestó Chase.

—Estupendo. Eso te recordará que sigues vivo. Los hay que han muerto de una patada así en el corazón. Así que tienes mucha suerte.

Él asintió.

—El tipo más... afortunado... del mundo.

—No puedo hacer nada más que curarte las magulladuras y mandarte a casa, Chase. Sé que te gustan los riesgos, pero en mi opinión, deberías empezar a pensártelo —suspiró el médico entonces, dejando las radiografías sobre la camilla—. Ya sé que lo hemos hablado otras veces, pero tienes que tomar una decisión sobre esa yegua.

Chase intentó levantarse, pero el dolor era insoportable.

—No te muevas. Josie te hará la cura.

—Muy bien.

—Encantado de conocerte, Mallory. Entretenlo un poco mientras se le arreglan las costillas, pero no le hagas reír demasiado, ¿eh?

Josie le hizo la cura y después miró a Mallory muy seria.

—Necesitará ayuda para vestirse y esas cosas. Además, tendrás que ayudarlo a meterse en la cama.

Ella asintió, incómoda. Hacer algo tan íntimo como ayudarlo a vestirse...

—Quizá deberíamos contratar una enfermera.

—Por aquí no la vas a encontrar. No, tendrás que hacerlo tú.

—Pero...

—No te preocupes. Un golpe como este deja al semental dormido durante un tiempo... no sé si me entiendes —sonrió Josie.

Mallory se puso colorada hasta la raíz del pelo. Y, sin darse cuenta, miró aquella particular zona de la anatomía masculina.

Chase lanzó un gruñido al sentir que la bragueta del vaquero lo apretaba, como si «aquella particular zona de su anatomía» quisiera demostrar que estaba perfectamente.

—Te dará problemas, seguro. No querrá estarse quieto un momento, pero átalo a la cama si tienes que hacerlo —rio la enfermera—. Toma, aquí están las recetas. Puedes comprarlo todo en la farmacia del hospital.

—Gracias —murmuró Mallory.

—Y que no se moje el vendaje. Baños de esponja solamente. Debes cambiarlo pasado mañana y, de nuevo, dentro de tres días —sonrió Josie—. Es todo tuyo, pero no dejes que te agote.

Cuando salió de la sala, Mallory se puso a leer las recetas, sin atreverse a mirar a Chase.

—Lewt me ha cuidado... siempre. Pero no creo que tenga mucha paciencia para meterme en... la cama.

Podía hacerlo, pensó ella entonces. Podía cuidar de Chase Wells como una profesional, se dijo.

—Es culpa mía que estés en esta situación. Pero cuando termine contigo, estarás como nuevo —dijo, sonriendo con confianza—. Bueno, vamos. Tengo que ponerte la camisa.

Chase intentó levantar un brazo, pero le resultaba imposible, de modo que tuvo que hacerlo ella. Intentaba no tocarlo, pero cuando rozó su piel sintió un escalofrío.

Decidida, siguió abrochando la camisa y vio que Chase cerraba los ojos. Y estaba segura de que no era un gesto de dolor.

Estaba jugando con fuego y lo sabía. La atracción que había entre ellos podría ser un estorbo para sus planes de llevarse a Peggy Sue a casa.

—Esto no va a ser fácil.

—Ya —murmuró él con los dientes apretados.

Mallory intentó ponerle la manga sin hacerle daño, pero Chase dejó escapar un gemido.

—Ya está, ya está.

—Por ahora.

—Me culpas por el accidente, ¿verdad?

—No. Me culpo a mí mismo. Debería haber sacrificado a esa yegua hace tiempo.

—Chase...

—Es demasiado peligrosa. No puedo arriesgarme... a que mate a alguien.

—Ha sido culpa mía. Pero con un poco de tiempo, un poco de atención...

—¡No puedo cuidar de ella! ¿Es que no te das cuenta? Ni siquiera puedo levantarme solo de la camilla.

—No te preocupes por Peggy Sue. Alguien se encargará...

—Lewt es demasiado viejo, Gabe demasiado joven y Tony... Tony se niega a acercarse siquiera. Dice que tiene cara de demonio.

—*Oh, basche!*

Chase levantó una ceja.

—¿Qué?

—Tonterías —dijo ella, haciendo un gesto con la mano—. Ese animal cambiará de actitud si se le trata con cariño. Tiene un don que no todo el mundo puede ver. Quizá porque no quieren verlo.

—Tengo que sacrificarla, lo siento. Me cuesta muchísimo hacerlo, pero... ya le he dado muchas oportunidades y...

—Me moriré si matas a ese animal —lo interrumpió Mallory—. No puedes hacerlo, Chase. Véndemela. Deja que yo me responsabilice de ella.

—No.

—¿Por qué? Tú no la quieres, no puedes domarla...

Eso hirió su orgullo profundamente.

—Yo nunca he dicho que no... pudiera domarla.

—Pero ahora no puedes hacerlo y solo te queda una opción: vendérmela. Me quedaré para cuidar de ti, Chase... y de ella. Yo la domaré y, con el tiempo, te convencerás de que puedes vendérmela.

—Nunca —insistió él, intentando levantarse de la camilla—. Es un animal enfermo... y nadie sabe por qué. Es de mi yeguada y su madre era una campeona.

—Quizá es la sangre de su padre lo que le ha dado ese don.

—¿Don? ¿Qué don?

—Quiero decir que es... especial. Y tiene algo que no todo el mundo reconoce.

—Desde luego que es especial. Por eso yo no me había rendido todavía.

—Tu lealtad será recompensada algún día —predijo entonces Mallory.

—¿Qué?

—Te he hablado de la leyenda de mi país, Chase. Sobre aquel caballo que podía recompensar a quienes lo trataban con amor, a los que hacían sacrificios para ayudarlo. Quizá si hacemos lo mismo con Peggy Sue...

—Lo dirás de broma.

—No, lo digo completamente en serio.

—¿Esa yegua ha estado a punto de matarme y tú hablas de leyendas y cuentos de hadas? Pensé que era yo el que tenía una conmoción cerebral, pero eres tú la que tiene que poner los pies en la tierra.

—Yo puedo domar a esa yegua —insistió Mallory—. Además, no tienes más remedio que darme esa oportunidad.

—¿Ah, sí?

—Sí —contestó ella, decidida—. Porque quieres que te lo pruebe.

Chase dejó escapar un largo y doloroso suspiro.

—¿Por qué? ¿Por qué crees que puedes domarla?

—Porque la leyenda dice cómo se debe domar al animal. Y yo lo creo. Siempre he querido comprobar si la leyenda era cierta y he dedicado mi vida a...

Él levantó los ojos al cielo.

—Por favor...

—Tienes que confiar en mí. Sé que ahora no me crees, pero me creerás. Te lo prometo, Chase.

Capítulo 5

CHASE se sentó entre Lewt y Mallory y fue mirando la carretera durante todo el camino. Agradecía que Lewt no dijera nada, seguramente porque eran las cuatro de la mañana, pero cada vez que tomaba una curva rozaba la pierna de Mallory y eso lo volvía loco... además de dolerle como el demonio.

Antes de salir del hospital, Chase le había dicho que se lo pensaría. Nada más. Se pensaría si iba a dejarla domar a Peggy Sue. Quizá después de la primera coz, Mallory se daría cuenta de que no había forma.

¿Cómo una mujer inteligente y moderna como ella podía creer en esas absurdas leyendas? Era incomprensible.

Lo más lógico sería sacrificar a Peggy Sue. La yegua era una amenaza. El año anterior también había estado a punto de matarlo y pateaba el cajón día y noche, como un animal acorralado. Y aquella coz... por un momento, pensó que estaba muerto.

Nunca había tenido un caballo que no pudiera domar y eso le dolía. Recordaba cómo eran antes las cosas, con Skylar. Las cosas eran tan diferentes entonces...

Casi podría creer que la yegua tenía el corazón roto, como él. Y se preguntó absurdamente si habría psiquiatras para caballos con muy mal genio.

Lewt detuvo la furgoneta frente a la puerta de la casa y se volvió con una sonrisa en los labios.

—¿Necesitas ayuda para bajar, jefe?

—No, estoy bien. Y dentro de unos días estaré como nuevo.

El capataz hizo una mueca.

—Sí, seguro. Justo eso es lo que ha dicho el médico.

—¿Y ellos qué saben?

Chase estuvo a punto de apartarse cuando Mallory lo tomó por la cintura, pero al mirar aquella cara angelical... no quiso herir sus sentimientos.

—Gracias —murmuró.

—Tienes que tomarte una pastilla de estas antes de dormir, jefe.

—Estoy bien —insistió Chase.

—No hay nada peor que una costilla rota. Nada.

—Ya lo sé. Y no estoy pidiendo compasión.

—Mejor. Porque yo no siento ninguna —sonrió Lewt—. Nos veremos por la mañana. Que duermas bien.

—No sé por qué no lo despido —murmuró Chase, intentando subir los escalones del porche.

—Seguramente porque es encantador —sonrió Mallory.

—¿Encantador? Aquí no hay nadie encantador. Somos un montón de vaqueros viejos y agotados. Acuérdate de eso.

—Lo que tú digas, pero tienes que tomar la pastilla. Te ayudará a dormir.

—No puedo dormir mucho. Mañana tengo un montón de cosas que...

—Yo tengo cosas que hacer. Tú tienes que descansar. Puedo hacer el desayuno, dar de comer a los caballos... y encargarme de Peggy Sue. Puedo hacerlo, de verdad.

Mallory puso frente a él un vaso de agua y Chase se tragó la pastilla haciendo una mueca. Tenía que controlar sus reacciones, se dijo. Era tan diferente de Sharon... Su ex mujer se habría quitado el problema de encima diciendo que ella no quería saber nada de caballos. Se habría puesto a gritar, culpándolo por todo...

—¿Por qué crees que podrás con esa yegua? Ah, claro, ya sé, por la leyenda. El espejo te dijo que tú eras la mejor amazona del mundo, ¿no?

—Ese es el cuento de Blancanieves —sonrió ella.

—Mallory...

—Sé que no me crees, pero si te dijera... no, no me creerías. Lo veo en tus ojos.

—Dímelo. Dime lo que sea para que pueda irme a la cama de una vez —suspiró Chase.

Había una inocencia en Mallory Chevalle que le pellizcaba el corazón, que le hacía desear creerla.

—No te he dicho la verdad. No toda la verdad. Ese caballo, el de la leyenda, no era un caballo sino... un unicornio.

Chase pensó que había oído mal. Debía ser la medicación. ¿Había dicho un unicornio?

—¿Perdona?

—¡Has dicho que querías saber!

—Muy bien, de acuerdo. Sigue.

—El nombre de mi país, Narwhal, significa «unicornio del mar». Supuestamente, cuando el mundo era joven, los unicornios huyeron hacia Narwhal. El unicornio adora la libertad y también ama a los que son puros e inocentes de corazón.

—Espera un momento. ¿Tú sabes lo que estás diciendo?

Chase la miró, suspicaz. ¿Estaría loca? ¿Tenía una loca en su casa?

—Dicen que la finca de mi familia —siguió Mallory con voz temblorosa— es donde vivían los unicornios. Se multiplicaron allí, en el valle. Y dicen que bailaban sobre el agua.

—Ya.

—Y, según la leyenda, solo pueden ser domados por una joven casta e inocente. Yo creo que

Peggy Sue confía en mí porque... —Mallory carraspeó— porque soy casta y pura.

—¿Qué quieres decir?

—La viste conmigo. Viste lo tranquila que estaba.

—Fue tu voz. Tu instinto femenino...

—No, el suyo, Chase. Creo que Peggy Sue confía en mí porque yo nunca... nunca he estado con un hombre.

Él la miró, incrédulo. Sentía como si le estuvieran clavando un hierro al rojo en el corazón... y en otras partes del cuerpo. Ni siquiera podía respirar, pero estaba pensando en sexo... y en las curvas de Mallory Chevalle.

Y la visión de un unicornio galopando por sus tierras lo sorprendió todavía más.

—Supongo que la palabra virgen suena muy anticuada. Pero yo...

—Eres virgen —terminó Chase la frase.

—He tenido tentaciones, no creas —dijo ella entonces, con asombrosa inocencia—. Pero no he querido dejarme llevar.

Chase deseó que la pastilla hiciera efecto inmediatamente. Lo necesitaba más que nunca.

Oía el sonido del reloj de pared y la brisa movía las cortinas, como siempre. Todo era igual... pero diferente. Una revelación más que añadir a la lista. Una complicación más.

Mallory Chevalle no podía ser una rica heredera buscando un revolcón en la paja. Oh, no. Eso sería demasiado fácil. Tenía que ser el parangón de todas las virtudes.

Y tenía que estar en su casa, precisamente.

Debía controlar la atracción que sentía por ella. Debía olvidarla como debía olvidar aquella historia de unicornios y y vírgenes.

Y él pensando acostarse con Mallory antes de que volviese a Narwhal...

—¿Chase?

—¿Sí?

—Estás muy pálido. A lo mejor esa pastilla...

—Estoy bien. Es que... no estoy acostumbrado a enterarme de detalles tan íntimos sobre la vida de los demás. Pensé que cuando me besaste... en el establo... que quizá algún día retomaríamos el asunto —dijo Chase entonces.

Ella no dijo nada. Simplemente lo miró con aquellos ojos azul cielo que eran como para morirse. Con aquel halo de rizos rubios que, unas horas antes, había rozado su cara.

—Me besaste, ¿no? ¿O estaba alucinando?

—Sí, bueno... te besé.

¿Cómo podía una mujer admitir algo así con una sonrisa tan inocente?

—Ya me parecía a mí.

—Tú me lo pediste.

—Sí, bueno, pero en estas circunstancias... —murmuró él, intentando entender cómo una mujer tan hermosa como Mallory no sabía nada de la vida. Algo no cuadraba—. Si hubiera sabido... eso, no te habría pedido que lo hicieras.

—Solo fue un besito, Chase.

—Sí, ya. Pero fue un beso muy... poco inocente.

—¿Tú crees? No sé, a veces las cosas son así porque tienen que ser. Como mi relación con Peggy Sue, supongo.

—Mallory...

—Chase, dame una oportunidad. Así comprobarás por ti mismo si la leyenda es cierta. Ahora que lo sabes... todo sobre mí.

—Sí, aunque no tendría por qué saberlo —murmuró él.

—¿Te da vergüenza? No era mi intención. Solo tenía que decírtelo por Peggy Sue... y porque quiero ayudarte. Sé que ella y yo...

—Esto es lo más absurdo que he oído en toda mi vida. ¿De verdad crees que podrás domarla porque las dos sois vírgenes?

Mallory se mordió los labios.

—Algo así.

—Esa yegua está loca. Nada más.

—Eso es lo que crees ahora, pero podrías cambiar de opinión.

—Seguro que no.

Podía prohibirle que se acercase a Peggy Sue, pero Mallory Chevalle era una chica encantadora y si podía hacer algo con aquel animal...

—¿De verdad quieres hacerlo?

—Tengo que hacerlo, Chase. Por ella y por mí.

—No creerás que es un unicornio, ¿verdad?

Mallory se quitó una inexistente pelusa del pantalón.

—No seas bobo. Nadie cree en unicornios hoy en día.

Al menos no estaba mal de la cabeza.

—Muy bien, de acuerdo.

Ella lo miró entonces con una sonrisa en los labios que... la hacía parecer un ángel.

—Gracias, gracias.

Entonces se puso de puntillas y le dio un afectuoso beso en la cara. Chase la apretó contra su corazón, sin pensar en sus doloridas costillas.

—No, cariño, así —murmuró con voz ronca, buscando sus labios.

«Como antes», pensó. «Igual que antes».

Cuando por fin se apartó, vio que Mallory lo miraba con cara de sorpresa.

—¿Te he hecho daño? No quería hacértelo —murmuró, rozando el vendaje con un dedo.

—Es posible —sonrió él.

—Pero...

—Quizá ya me has hecho daño sin saberlo —murmuró Chase, mirándola a los ojos. Se sentía hundido en un abismo de deseo... pero no podía ser. Con ella no. No con la señorita Mallory Chevalle de Narwhal—. Y si esa yegua te da una patada, se acabó. La sacrifico, te lo juro.

Capítulo 6

MALLORY daba vueltas en la cama. No podía dejar de pensar en lo que Chase había dicho... y en Peggy Sue. Tenía la certeza de que estaba a punto de descubrir algo grande.

Quizá sus oraciones para encontrar a los elusivos Cornelle habían sido contestadas.

Pensó en su padre entonces. Estaba deseando verlo, consolarlo y decirle que todo iba a salir bien. Estaba segura de que el descubrimiento de Peggy Sue lo reconfortaría enormemente. Lo imaginaba feliz, llevando a la yegua al valle... sabía que eso iba a pasar, estaba convencida.

Pronto todo irá bien, pensó. Y tendría que darle las gracias a Chase porque no se había rendido con aquel animal imposible que solo deseaba volver a casa.

Cuando por fin la primera luz del amanecer entró por la ventana, Mallory apartó el edredón. Pero entonces sintió un escalofrío.

Aquel día estaría a solas con Peggy Sue.

La magnitud de lo que sabía la abrumaba, pero no podía fracasar. Estaba en la naturaleza del animal responder y lo haría. Mallory se encargaría de ello.

Los tres peones no serían un obstáculo. Tenían miedo del animal, pero ella se ganaría su respeto. Era Chase quien la preocupaba. Chase, irascible y cabezota, quien sería un reto.

Ella se había conectado con Peggy Sue a un nivel inconsciente, pero había una conexión entre Chase y la yegua que no podía identificar. Y eso podía hundir sus propósitos.

Chase era la clave. Era él quien diría «sí» o «no».

Pero estaba segura de que podría conseguirlo. Un día, pronto, le pediría que le dejara llevarse a Peggy Sue a Narwhal... y él tendría que aceptar.

Mallory entró en el establo a primera hora de la mañana. Peggy Sue la miró, suspicaz, moviendo las orejas.

—Ya te dije que todo iría bien, pero le has hecho mucho daño —susurró, acariciando su cuello. La yegua inclinó la cabeza para tocar su hombro—. No, no ha cambiado nada. Ayer lo llevamos al hospital... No, no es un mal hombre. Chase Wells es... bueno, es un hombre.

Aquella palabra la dejó pensativa. Lo recordó sobre la camilla, sin camisa. Tan fuerte, tan masculino, tan sexy...

Peggy Sue volvió a rozar su hombro y Mallory se sintió culpable. Debía recordar que Chase Wells era intocable.

—Sí, bueno, tendré que cuidar de ti durante un tiempo, te guste o no. Pero debes cooperar —dijo entonces, poniendo la palma de su mano sobre la nariz del animal. Peggy Sue levantó la cabeza, amenazante—. A mí no me asustas. Te conozco y sé lo que quieres. Puedes confiar en mí, cariño. Yo nunca te traicionaré. Haré todo lo que pueda por ti y por mi padre... y por Narwhal. Pero tienes que dejarme.

Peggy Sue apartó la cabeza, desdeñosa.

—Sí, lo entiendo. Pero debes considerarlo. Tenemos que sacarte de este establo, ya lo sé. Tenemos que salir al corral para que disfrutes del sol. Tenemos que correr por el campo —la yegua parpadeó, como sorprendida—. Podemos hacerlo, de verdad. Pero tenemos que hacerlo juntas. Esa es la única forma...

Mallory le ofreció unos azucarillos y la yegua se lanzó sobre ellos como un niño sobre una golosina.

—Sí, ya sé que te gustan. Además, he puesto un poco de miel en la alfalfa. Chase me dijo que te encantaba y admito que no estoy por encima de los chantajes. Además, he traído el cepillo...

Peggy Sue la miró, muy quieta.

—Bueno, si no quieres...

El animal dejó escapar una especie de gruñido de resignación y Mallory tuvo que contener una sonrisa. Estuvo cepillándola durante largo rato, intentando sacar brillo al pelaje blanco del animal, lleno de polvo.

—Yo tengo caballos en casa y los mimo muchísimo. Vivo en un valle que tiene miles y miles de acres —le contó entonces, recordando su país—. Es un sitio precioso, ¿sabes? Lleno de árboles, flores... ¿Alguna vez has saltado por un riachuelo?

Peggy Sue se quedó parada.

—¿Quizá con Chase?

La yegua lanzó un relincho de irritación.

—Solo era una pregunta. No hace falta que te pongas así. Yo también echo de menos mi casa. Solía ir a montar por las mañanas, antes de que mi padre se levantase.

La puerta del establo se abrió y Mallory volvió la cabeza.

—¿Chase sabe que estás aquí? —preguntó Lewt.

—Acordamos que yo cuidaría de Peggy Sue ahora que él no puede. Además, la yegua parece confiar en mí.

—Un último intento, ¿no? Ese animal no da más que problemas. Hace unos años, Chase dijo que ella era especial y, como tonto que soy, yo lo creí.

—¿No crees que sea especial?

—Esa yegua es un demonio. Se volvió contra él en el peor momento de su vida.

—Los caballos notan esas cosas.

—Es posible. Pero no la entiendo. Es como si quisiera seguir haciéndole daño.

Mallory siguió cepillando al animal, pensativa.

—Mi padre dice que los caballos salvajes son impredecibles.

—Sí, y será mejor que tengas cuidado con ella. Y con Chase también. Lo único que Peggy Sue y él tienen en común es que los dos atacan. Aunque no quieran hacerlo.

Mallory encontró en la cocina todo lo que necesitaba para hacer tortitas.

Cuando terminó, puso el plato en una bandeja, junto al café. Sabía que a Chase no le haría gracia, pero colocó una flor en un vaso. Era demasiado delicada para un hombre como él... pero se la llevaría de todas formas.

Estaba abriendo la puerta de su habitación cuando oyó la voz de Lewt.

—¿Qué vas a hacer, darle cuerda para que se cuelgue ella misma?

—Ya te he dicho... —Chase empezó a toser y no pudo terminar la frase—. Quiere pasar algún tiempo con Peggy Sue, nada más.

—Esa yegua está loca, te lo digo yo.

—¿Y qué más da?

—¿Qué más da? Mírate, Chase, estás en la cama con una costilla rota y la mitad de los huesos hechos polvo.

—No quiero que le pase nada, pero Mallory es tan decidida... Además, tú mismo has dicho que sabe mucho de caballos.

—Sí, pero de este no sabe nada.

Mallory entró entonces en la habitación. Chase estaba sentado en el borde de la cama... y solo llevaba unos calzoncillos blancos. Tuvo que disimular una risita cuando vio por el rabillo del ojo que se tapaba con la sábana, como una tímida doncella.

—Cuidado —rio Lewt—. No te muevas tan rápido, amigo. Te vas a romper otra costilla.

—Pensé que te apetecería desayunar. He traído café... y tortitas.

—Gracias, pero puedo bajar a la cocina.

—¿No tienes una bata o un pijama? —preguntó el capataz—. No querrás que Mallory se muera de vergüenza al verte en calzones.

Chase se subió la sábana hasta el cuello.

—No pasa nada. Además, tengo que cambiar el vendaje —dijo Mallory.

—Bueno, os dejo solos —se despidió Lewt, conteniendo la risa.

Pero cuando salió al pasillo soltó una risotada.

—¿Sigues pensando que es encantador? —preguntó Chase.

—Pues... es buena gente. Le importas mucho.

—Debería meterse en sus cosas. Ahora le preocupa que cuides de Peggy Sue.

—Ya lo he oído. He estado cepillándola y hemos llegado a un acuerdo —dijo Mallory entonces—. Lo de la miel ayuda mucho, por cierto.

Chase se encogió de hombros y, al hacerlo, se le escapó un gemido.

Ojalá pudiera consolarlo, aliviar su dolor, pensó ella. Pero debían mantener una relación puramente profesional. Solo así podría permanecer en su casa... porque el deseo que sentía por Chase empezaba a ser imposible de disimular.

Era como si lo necesitase para ser una persona completa. Nunca había sentido nada así. Y no podía sentirlo. Sobre todo porque, por primera vez en su vida, estaba cerca del unicornio, o de los Cornelles.

—Deberías comer algo —dijo entonces, para cambiar de tema—. ¿Quieres que te suba una silla o prefieres tumbarte? Puedo colocarte las almohadas para...

—Tráeme la bandeja. Y siéntate a mi lado.

—¿En la cama?

—Sí.

Mallory lo ayudó a colocar la bandeja sobre sus piernas y se sentó a su lado... aunque dejando medio metro entre ellos.

Chase sonrió al ver la flor. Pero no dijo nada.

—¿Haces buen café?

—Seguramente no. Prefiero el té.

—Ah, claro. Esa educación tan refinada...

—Muy gracioso.

Chase tomó la taza y sopló un poco sobre el café antes de probarlo.

—No está mal.

El pequeño elogio hizo que Mallory se sintiera tontamente orgullosa.

—Las tortitas están recién hechas. Y necesitas algo sólido en el estómago.

—Lo sé, lo sé —dijo Chase, con la boca llena—. Y también sé que soy un maleducado.

—No me importa.

Él la miró, pensativo.

—Te importan las cosas más extrañas. Oye, estas tortitas están muy buenas.

—Gracias.

—Háblame de tu padre. ¿También él cree en leyendas?

—¿Mi padre? Él conoce muy bien las leyendas de Narwhal y pensó que conocerlas debía ser parte de mi educación. Tienen un gran valor histórico y enseñan una lección muy importante.

Chase echó sirope sobre las tortitas.

—Ya veo. Algo así como las moralejas de los cuentos.

—¿Perdona?

—Hacen que la lección sea divertida, ¿no?

—Yo no creo que haya nada divertido en la leyenda de Narwhal.

—No, quiero decir... tendrás que admitir que hay algo gracioso en que una chica como tú venga hasta Wyoming con el objetivo de encontrar un caballo «especial» para su padre. Sobre todo, si piensa que ese caballo es un unicornio. Anoche casi me convenciste de ello.

Mallory parpadeó.

—Lo del caballo lo dije muy en serio.

—Pero lo del unicornio tiene gracia, ¿no? ¿O es la coz lo que hace que me parezca gracioso?

—Creo que es la coz —sonrió ella.

Chase terminó las tortitas y apartó la bandeja.

—¿Vas a cambiarme el vendaje?

—Sí. ¿Te molesta, está muy apretado?

—Mucho —suspiró él.

—Lo siento, de verdad. No sabes cuánto lo siento.

—Yo también, cariño. ¿Podrías darme un masaje? Me pica mucho.

Mallory vaciló un momento.

—¿No crees que sería peor?

—No.

—Pero...

—Dijiste que cuidarías de mí.

—Claro que sí —suspiró ella entonces, quitándole el vendaje—. La enfermera me dio una pomada, pero no sé...

—Solo tienes que ponerla en la parte inflamada. Es que me pica.

—Muy bien —dijo Mallory, extendiendo la pomada por el costado.

—Está calentita —sonrió Chase. Ella se concentró en poner la pomada, sin mirarlo a los ojos—. ¿Te da vergüenza estar tan cerca de mí?

Mallory apretó los labios. La única forma de controlar lo que sentía era mantener una conducta profesional.

—No me parece bien que el paciente le diga eso a la enfermera.

—Es posible, pero... tienes manos de ángel.

—Chase, no deberías decir esas cosas.

—Puedo decir lo que quiera —rio él—. Aunque suene raro. Estoy conmocionado y digo cosas raras... ¿no es eso lo que piensas?

—Pero...

—Así que te digo que me vuelves loco, Mallory. Y llevo toda la noche preguntándome qué puedo hacer para que tú sientas lo mismo.

Capítulo 7

MALLORY puso el tapón al bote de pomada y, sin decir nada, se levantó de la cama.

—Mallory...

—He intentado explicártelo... yo no me tomo estas cosas a broma —lo interrumpió ella, tomando la bandeja—. Esta tarde estaré en el establo con Peggy Sue. Luego vendré a verte.

—Espera.

Debería haber salido de la habitación, pero algo la hizo detenerse. Quizá fue su tono conciliador.

—Necesito algo de esa bandeja.

Mallory lo miró, sorprendida. No había dejado una tortita... Pero se volvió, con la bandeja en la mano.

Chase tomó entonces la flor.

—Yo tampoco me tomo estas cosas a broma. Esto suaviza hasta un corazón tan duro como el mío.

—Chase, yo...

—Deja esa bandeja y habla un rato conmigo. Ha sido una mañana muy larga, pensando en ti sola en el establo, deseando estar contigo... contigo y con Peggy Sue.

Mallory dejó la bandeja sobre la cómoda.

—Mira, Chase...

—Toma, para ti —dijo él entonces, ofreciéndole la flor.

—Gracias —murmuró Mallory, con un nudo en la garganta.

—Tú tienes la fortaleza de una flor silvestre y eres igual de frágil. Aunque a veces también tienes espinas, como las rosas.

Ella pasó el dedo por uno de los pétalos.

—Cuando tenía veintiún años, un pretendiente me envió suficientes rosas como para llenar una habitación —dijo en voz baja—. Pero esto... esto significa mucho más.

—¿Por qué?

—Porque sospecho que me la das de corazón.

—Así es.

No podía mirarlo a los ojos. Pero Chase levantó su mano, con la palma hacia arriba, como si esperase que ella pusiera allí la suya.

—Tenemos que hablar de muchas cosas.

Su mano, como por decisión propia, buscó la de Chase, y él la apretó, sin decir nada.

—Yo soy un hombre... experimentado. Sé que

entiendes lo que eso significa. Pero lo que me contaste anoche lo cambia todo. Yo no voy por ahí... desflorando jovencitas. Va en contra de mi naturaleza tomar algo tan precioso.

Mallory seguía mirando la flor.

—No debería habértelo contado —dijo en voz baja—. Ahora me tratas como si fuera una niña.

—Pero me alegro de que me lo hayas contado.

Entonces se miraron a los ojos. Ninguno de los dos podía apartarse.

—Supongo que te parecerá una tontería que una mujer de veinticinco años siga siendo... virgen. Que haya querido esperar hasta encontrar al hombre de su vida. Pero yo no quiero una larga serie de aventuras amorosas, quiero un compromiso para siempre.

Chase sonrió.

—Hoy en día no es fácil encontrar un hombre «para siempre».

—Quizá.

—Me besaste. Dos veces.

—No debería haberlo hecho.

—Quizá no. Porque yo no soy un hombre para siempre, Mallory.

Aquella advertencia le dolió en el alma, pero intentó disimular.

—Ya.

—Eres una tentación. Yo soy un simple vaquero y no puedo atarme a nada, pero he pensado mucho esta noche. He pensado en lo que siento por ti y en lo que has traído a este rancho.

—¿Qué he traído, además de problemas? Soy un estorbo, ¿es eso lo que quieres decir?

Chase sonrió.

—Lo eres, pero me encanta. Me gusta tu sonrisa y me gusta tu energía. Y me gusta... pensar en ti cuando estoy en la cama. Pero no va a pasar nada porque hace tiempo descubrí que yo no soy la clase de hombre que puede atarse a una mujer.

—¿Qué quieres decirme?

—Que deberías volver a tu país.

—Quieres que me marche.

—Nos sentimos atraídos el uno por el otro, Mallory. ¿No te das cuenta? Está aquí —dijo Chase entonces, llevándose la mano al corazón—. Y no es bueno para ninguno de los dos.

—Yo también siento algo por ti... pero puedo controlarlo.

—¿De verdad? Estás temblando, niña. Y no es de miedo. Es porque me deseas... tanto como yo a ti. Ninguno de los dos quiere promesas rotas, así que lo mejor es dejar de vernos lo antes posible.

Había pasado una semana de aquel encuentro. Un encuentro que la dejó convulsa. De repente, entendía la profundidad de la emoción de un hombre. Lo había sentido cuando Chase apretaba su mano, cuando se la llevó al corazón.

Chase Wells la hacía sentir única; le daba confianza, tranquilidad. Hablaba con ella en voz baja, con respeto, con sinceridad y... a veces, con emoción. Y eso la hacía temblar.

Su forma de mirarla, con los ojos entrecerrados, la hacía sentir un deseo que no había sentido antes por ningún hombre. Como si su cuerpo la retara a arriesgarse, a dar el salto.

Quería reír con él, quería...

Pero no era posible. Porque sabía muy bien dónde les llevaría eso: al refugio de sus brazos, de su boca, de su cama...

De modo que lo único que podía llevarse a casa eran los recuerdos. Recuerdos de aquel sitio remoto donde vivía Chase. Un sitio duro, aislado, como él.

Se preguntó entonces si le gustaría vivir en Narwhal. Había ciertos parecidos, desde luego. La finca de su familia también estaba rodeada de montañas y el olor de la tierra te llenaba el alma.

Le gustaría llevarlo a los establos. Verlo montar a sus caballos con botas de campo y no botas inglesas, con un sombrero *Stetson* en lugar del casco de terciopelo negro.

Los encargados de las cuadras lo mirarían, divertidos, pero respetarían las diferencias. Porque Chase Wells era un hombre que se ganaba el respeto de los demás. Era un hombre bueno, amable y honesto.

La noche anterior vio que apenas tenía camisas limpias y puso la lavadora. Era una experiencia nueva, muy íntima, lavar las camisas de un hombre, respirar su olor... una curiosa mezcla a cuero, jabón y los caramelos que guardaba en el bolsillo.

Mallory pasó un dedo por los puños de una camisa de cuadros, donde su reloj había dejado una marca. Vio que la tela estaba desgastada por los codos y el siete que se había hecho cuando Peggy Sue lo aplastó contra la pared del cajón. Saber que la camisa había estado pegada a su piel hizo que la tocase con... reverencia.

Más tarde intentó coserla, aunque no tenía mucha experiencia usando hilo y aguja. Chase le había dicho que no se molestase, pero Mallory insistió. Quería hacer algo por él.

Sin embargo, era más que eso. Quería guardar todos los recuerdos de aquellos días en el rancho. Los dos solos en el salón, charlando, discutiendo sobre caballos, hablando de la vida.

Tantos recuerdos acumulados en tan poco tiempo... Se le rompería el corazón cuando tuviera que irse de allí.

Pero su padre la necesitaba y cada día que estaba lejos de él era un día perdido para los dos.

Hacía enormes progresos con Peggy Sue, pero Chase no tenía ni idea. Aunque un día tuvo que admitir que Peggy Sue parecía tener mejor aspecto, no sabía lo inteligente que era la yegua. Y Mallory temía que, cuando lo supiese, no quisiera vendérsela.

Los vaqueros mantenían una respetable distancia, pero sentían curiosidad. Cuando Mallory consiguió ponerle la cincha, se quedaron de una pieza. Ese animal nunca había dejado que nadie le pusiera nada encima, le dijeron. El veterinario tuvo que sedarla para mirarle el bulto de la frente.

Cuando la sacó del cajón, Gabe se acercó, pálido como un muerto.

—¿Chase sabe lo que estás haciendo?

—Lo sabe —contestó ella.

—No creo que sepa que pensabas sacarla del cajón.

—¿Cómo voy a entrenarla ahí dentro? Es muy estrecho.

Peggy Sue golpeó el suelo con las patas delanteras. Una vez. Dos. El casco se clavó con fuerza, como una advertencia.

—Yo... —Gabe no sabía qué decir.

—Cálmate, Peggy Sue —murmuró Mallory, acariciando su cabeza—. Recuerda que me has hecho una promesa.

La yegua volvió a golpear el suelo, aquella vez con resignación.

—Chase me advirtió que si te pasaba algo... —insistió Gabe.

—No pasa nada. ¿Verdad, bonita?

—Te va a morder, te lo advierto.

Mallory soltó una carcajada. Incluso Peggy Sue miró al vaquero, divertida.

—Es demasiado lista como para eso. Ella nunca mordería la mano que le da de comer, ¿verdad que no? Además, solo la he sacado al pasillo para cepillarla mejor. Todavía no está lista para salir al corral.

—Ha engordado un poco —dijo Gabe.

—Sí, un poco.

Mallory empezó a cepillarla, pero vio que la yegua estaba mirando a Gabe con muy malas intenciones. Cuando tiró de la cincha, Peggy Sue la golpeó con la cabeza y Mallory dio un paso atrás, pero no perdió pie.

—¿Qué demonios está pasando aquí? —oyó entonces la voz de Chase—. ¿Has sacado a ese animal del cajón?

Peggy Sue se giró con tanta brusquedad que a Mallory se le soltó la cincha. Y entonces se desencadenó una catástrofe.

Los tres, Mallory, Chase y Gabe, vieron cómo Peggy Sue salía corriendo del establo, atravesaba el corral y se perdía en los pastos, con la cincha colgando entre sus patas.

Chase se sujetaba las costillas, temblando. La yegua había estado a punto de aplastarlo contra la pared en su huida.

—¿Te encuentras bien? —preguntó Mallory.

—Sí, estoy bien. Pero ese maldito animal...

—¡La has asustado! ¿Qué esperabas? No puedes entrar aquí gritando y...

—¿Yo estaba gritando?

—Pues sí. Igual que mi padre cuando se pone nervioso.

—Estaba nervioso porque sabía que iba a pasar algo. Siempre pasa algo con ese maldito animal.

—Yo lo tenía todo controlado.

—Sí, ya lo veo. Esto me pasa por tonto —suspiró Chase—. ¿No te das cuenta de que esa yegua podría matarte?

Estaba preocupado por ella. Aunque se lo había dicho muchas veces, aquella vez estaba tan claro que le llegó al corazón.

—Tienes que confiar en mí —dijo Mallory—. Tienes que saber que estoy haciendo lo que debo hacer.

Chase la miró y el brillo de sus ojos azules pareció calmarlo.

Gabe se aclaró la garganta para recordarles su presencia.

—Bueno, habrá que ir a buscarla, ¿no? Pero ahora que ha respirado aire fresco, no habrá quien la traiga de vuelta.

—Yo abriré la cerca del corral. Quizá puedas meterla ahí. Pero no dejará que te acerques.

—Ninguno de los dos tiene que hacer nada —dijo Mallory entonces—. Yo la he dejado escapar y yo iré por ella.

—Mallory...

—Para traer de vuelta a ese animal podemos estar todo el día —le advirtió Gabe—. Tony y yo...

—Al menos, dejad que lo intente.

Los dos hombres se miraron.

—Muy bien, adelante —dijo Chase.

Mallory salió del establo, se puso dos dedos en la boca y lanzó un silbido.

Peggy Sue dejó de galopar.

Ella silbó de nuevo.

La yegua vaciló un momento, pero se dio la vuelta. Con el campo a su espalda y el establo esperándola, las dudas del animal eran evidentes.

Mallory silbó por tercera vez.

Como si no pudiera ignorar la llamada, Peggy Sue empezó a trotar hacia el establo. Se detuvo a su lado, respirando con dificultad.

—Cariño, no puedes hacerme eso. Tenía miedo de perderte. Pensaba que no volverías conmigo —susurró Mallory, acariciando su cuello—. Y entonces las dos perderíamos tanto. Tú nunca podrías volver a casa y en cuanto a mí... bueno, ya sabes mis razones.

Peggy Sue, cansada del galope, se dejaba acariciar.

—¿Has visto eso? ¿Cómo lo ha hecho? —preguntó Gabe, aprensivo.

Chase estaba sacudiendo la cabeza, incrédulo.

Mallory pensó entonces que le estaba escondiendo muchas cosas. Le gustaría compartirlo todo con él, pero... no podía hacerlo. No podía contarle todo sobre aquel animal y tampoco podía contarle lo que había en su corazón.

Capítulo 8

CHASE miró el sillón con cara de pena mientras se dejaba caer en la silla. Era mejor para sus doloridos huesos, aunque suponía un incordio tener que estar en esa postura, sin poder reclinarse para pensar.

La verdad, él nunca había sido un hombre muy dado a pensar mucho las cosas. Pero Mallory estaba cambiando eso. De repente no podía dejar de pensar en el pasado, en el futuro y en el desastre en que estaba convirtiéndose su presente.

Hasta que ella llegó, estaba contento viviendo el día a día, trabajando como un esclavo de la mañana a la noche y cayendo rendido en la cama. Su casa era silenciosa y él agradecía ese silencio, esa soledad.

Había dejado de recordar el sonido de unos pasitos por la casa. Había dejado de escuchar la caja de música, había dejado de esperar oír una vez más aquel entusiasmado: ¡papá!

La habitación de Skylar estaba cerrada. Tenía que olvidar y seguir adelante. Pero Mallory...

Mallory. Aquel nombre se repetía en su cabeza como un eco.

Mallory Chevalle no era para él. Si quería una mujer, lo mejor sería ir a un club y pagar por ello. Sin compromisos, sin ataduras, solo para aliviarse.

Ese no había sido nunca su estilo y no lo sería nunca, pero tenía cierto atractivo pensar en ello, saborear, aunque fuera solo en su cabeza, todos los atractivos de la vida.

Cuando tenía veinte años le encantaba estar tumbado al lado de una mujer. Respirar su olor...

Pero nadie olía mejor que Mallory. Cuando se sentaba a su lado por las mañanas olía a miel, a champú y a vainilla.

Solía pensar que no había nada más suave que una mujer, especialmente por la mañana... cuando un hombre ha descubierto sus secretos la noche anterior.

Y cada vez que ella lo tocaba para cambiar el vendaje, el calor de sus manos lo penetraba, encendiéndolo por dentro.

Pero incluso desde que era muy joven lo que más lo excitaba de una mujer era su voz. Una risa, un suspiro. Los gemidos que emitían cuando se sentían más vulnerables...

Y Mallory era la mujer más vulnerable que había conocido nunca. Se preguntaba cómo sería para un hombre descubrirle la intimidad de la cama. Ese hombre tendría que ser fuerte y tierno a la vez. Debería acariciarla con manos expertas para hacerla olvidar el primer dolor, para enseñarle todo lo maravilloso que puede haber entre un hombre y una mujer...

¿En qué estaba pensando? Se había vuelto loco. Estaba más loco que la yegua que ella intentaba domar.

Chase se pasó una mano por el pelo, nervioso.

Debería aprender de su vida. Sharon había dejado algo perfectamente claro: la cama solo era un sitio para dormir.

Se había comprometido una vez y fue un absoluto fiasco. De principio a fin. Pero, se recordó a sí mismo, Mallory no sabía nada de eso.

Cada vez que era amable con él, ¿cómo podía saber que Sharon le habría dado la espalda? Cada vez que se reía, ¿cómo iba a saber que Sharon solo sonreía tristemente, como si le estuviera haciendo un favor? ¿Cómo iba a saber que el dinero al que ella no daba importancia era lo único importante para su ex mujer?

Al final, apenas se dirigían la palabra. Quizá había sido culpa de los dos. Tantas diferencias, tantas peleas...

Pero Mallory no solo hablaba con él, lo hacía con alegría. No trataba a los peones como criados, sino como amigos. Era una mujer llena de vida.

A veces la miraba y le parecía ver estrellas en sus ojos, estrellas que brillaban como por una luz interior. Y esas estrellas hablaban de inocencia, de sinceridad, de esperanza. Todas alineadas como una formación planetaria, todas comprometidas con la fe de que su amistad podía curar los males del mundo.

Era muy diferente de Sharon. Pero no podía ser.

Tenía que olvidarla. Inmediatamente, antes de que el corazón le jugase una mala pasada.

Lewt asomó la cabeza en la cocina.

—¿Has mirado hacia el establo últimamente?

—No.

—Pues seguramente te gustará ver esto.

Chase estaba intentando ponerse las botas. Lo estaba pasando fatal y tenía la impresión de que Mallory no lo había ayudado aquella mañana a propósito. Odiaba tener que depender de alguien para las cosas más sencillas.

—Enseguida salgo.

Iba a ponerse las botas aunque se rompiera otra costilla intentándolo.

Tony entró entonces en la cocina.

—Jefe, la señorita es un fenómeno, ¿eh?

Chase contestó con un gruñido.

—¿Quieres que te ayude?

—No, gracias.

—¿Qué pasa, estás de mal humor?

—No, es que no he dormido mucho.

—No me extraña. Yo no sé cómo puedes dormir teniendo a una mujer como Mallory tan cerca —rio Tony—. Aunque tuviera una costilla rota, me arriesgaría a romperme otra y...

Aquella broma, que habría sido recibida con risas unos meses antes, lo molestó.

—Esa es la diferencia entre tú y yo. Yo no soy un semental.

—La diferencia está en mi sangre española —dijo Tony, guiñándole un ojo—. Nosotros somos amantes por naturaleza.

Chase se puso el sombrero, suspirando.

—Bueno, ¿qué pasa, Lewt?

—Echa un vistazo.

Mallory estaba con Peggy Sue en el corral y Gabe lo miraba todo desde la cerca, transfigurado.

—Pero, ¿qué hace? Aún no está preparada...

—Jefe, esa mujer es increíble —lo interrumpió Tony—. No solo sabe manejar a los caballos. Sabe hablar con ellos.

Chase se quedase mirándolo. No podía hablar en serio... ¿o sí?

—Habla con Peggy Sue como si la entendiera —dijo entonces Lewt—. Había oído hablar de gente que le susurraba a los caballos, pero nunca...

—¡Mallory no le habla a los caballos! Lo que pasa es que tiene su propio estilo, nada más —exclamó Chase. Tony y Lewt intercambiaron una mirada—. ¿Qué?

—Esa chica tiene instinto. Y sabe algo que los demás no sabemos.

—A veces da la impresión de que Peggy Sue le contesta, jefe. Es como si estuvieran charlando.

—Tú tienes mucha imaginación.

Chase no podía evitarlo, sus ojos estaban clavados en Mallory, que sujetaba la cincha mientras Peggy Sue daba vueltas por el corral. La yegua ofrecía poca resistencia.

Como hipnotizado, Chase salió al porche, con Lewt y Tony detrás.

—Está enamorada de ella. Eso le pasa mucho a los caballos. Siempre tienen un favorito —murmuró.

—Sí, seguramente. Gabe dice que Mallory tiene un don.

—Gabe es un niño impresionable y...

De repente, asustada por una bola de pelo naranja que saltó sobre la cerca, Peggy Sue levantó las patas. Mallory sujetó la cincha con fuerza.

Pumpkin, el gato, se arrellanó sobre la cerca, inconsciente del desastre que estaba causando. Mientras tanto, Chase estaba con el corazón encogido, como los demás. Todos sabían de lo que era capaz Peggy Sue.

Pero no pasó nada.

No había explicación para aquello. Mallory controlaba a la yegua como si fuera una dócil potrilla. Y todos sabían que no era eso. Era un demonio.

Chase observó, fascinado, cómo el animal se relajaba, sin dejar de mirar al gato de reojo. Mallory le dijo algo al oído y Peggy Sue movió la cabeza.

«La fierecilla domada», pensó entonces Chase.

Esperaba que se lanzase sobre Mallory como una fiera, que la aplastase contra la cerca...

No se atrevía a intervenir, pero la inactividad lo estaba matando. Gabe puso un pie sobre la cerca, Tony apretó los puños, como dispuesto a entrar en acción...

Todos estaban preparados para salvar a esa mujer, a aquella damisela extranjera que no parecía necesitar ayuda de nadie.

Pumpkin se levantó entonces y saltó limpiamente al suelo. Cuando Peggy Sue se limitó a mirarlo con poco disimulado desdén, un suspiro colectivo escapó de la garganta de los tres hombres.

Mallory seguía acariciándola cuando se acercaron a la cerca. Estaba sonriendo y eso le recordó a Chase el primer día, cuando llegó en el descapotable rojo; le recordó el roce de sus manos cambiando el vendaje...

Una vez pensó que era un ángel. Lewt y Tony creían que hablaba con los caballos, como si fuera el doctor Doolittle. Gabe pensaba que tenía un don.

Mallory Chevalle... tantas cosas para tanta gente.

Y el deseo de poseer a aquella mujer tan especial lo quemaba por dentro. Su inocente belleza lo llenaba de un deseo que amenazaba con hacerle perder el control. El recuerdo de sus besos lo seguía excitando...

Sin embargo, la lógica le recordaba que los separaban demasiadas cosas: un divorcio doloroso, una hija perdida.

Y una yegua llamada Peggy Sue.

Eran las once de la noche y Chase no sabía qué hacer.

No le apetecía meterse en la cama, sobre todo porque sabía que Mallory estaba a unos metros de él. Media hora antes la había oído en la ducha y la imaginó usando su jabón, sus toallas... pensando en la suerte que tenía esa pastilla de jabón por tocar todo lo que él quería tocar.

Se estaba volviendo loco. Mallory no solo había invadido su casa, había invadido su mente.

Irritado, dejó las botas en la cocina, apagó la luz y subió con desgana la escalera. Tras la puerta cerrada de su habitación podía oír una emisora de música *country*. Estaban tocando una canción muy sensual y la letra parecía colarse por debajo de la puerta y atraerlo como un imán. Era una canción sobre dos personas que se amaban en una noche solitaria. Una canción muy seductora.

Chase se quedó parado frente a la puerta. Y, por fin, sin pensar en las consecuencias, levantó la mano para llamar.

—Un momento —oyó la voz de Mallory. Esa voz hizo un loco dueto con la canción—. ¿Ocurre algo?

—No, nada. Quería darte las gracias por lo de

hoy. Por lo que hiciste con Peggy Sue. Por los progresos que has hecho.

Chase no podía dejar de mirar el camisón de seda que se pegaba a sus curvas como una segunda piel...

—Ah, por eso. Ya me lo habías dicho.

—Lo sé, pero... estaba pensando en ello y... —Chase miró sus pies descalzos. Llevaba las uñas pintadas de rojo cereza.

—Yo también he estado pensando —dijo Mallory entonces—. Y también he pensado en cómo me mirabas. Como si no lo creyeras. O como si no quisieras creerlo.

Él se encogió de hombros.

—Peggy Sue está mejor, ya lo has visto. Cada día está mejor.

—Lo sé —suspiró Chase, apoyándose en el quicio de la puerta—. ¿Cómo lo haces, Mallory? ¿Cómo puedes hacer algo en lo que todos los demás hemos fracasado?

Su sonrisa era como la de la Gioconda, invitadora. La deseaba tanto que estaba perdiendo la cabeza.

—Yo creo que Peggy Sue estaba esperando a alguien como yo. Alguien que pudiera ayudarla. Nada más.

—Yo también creo en algunas cosas: Por ejemplo en reconocer el valor de las personas. O en celebrar algo cuando la ocasión lo merece. Tenemos razones para celebrar, Mallory. Has hecho con Peggy Sue mucho más de lo que nadie podía imaginar. Mañana hay una feria en la ciudad... ¿por qué no nos tomamos el día libre? Yo creo que nos lo merecemos.

Mallory vaciló.

—No sé. Debería seguir trabajando con Peggy Sue...

—No puedes meterle prisa. Ella lleva su ritmo.

—Sí, pero... podría ser demasiado para ti. Recuerda tus costillas.

—Soy yo el que te invita. Y estaré encantado si aceptas. Es la típica hospitalidad de Wyoming.

—¿Antes de irme?

La idea de su marcha lo golpeó directamente en el corazón.

—Sí, supongo que sí. Aunque no quiero pensar en ello. Cuando tú te vayas... esto se quedará muy tranquilo.

—Tengo que volver a Narwhal para agitar las cosas allí —sonrió Mallory—. ¿Tú has estado en Europa?

—Hace años estuve en Alemania, con mi madre.

—Narwhal es un poco más... exótico. Pero te gustaría. Y la invitación queda abierta para cuando quieras.

Los dos se quedaron en silencio, perdidos en sus pensamientos. Anhelantes.

—Entonces, ¿lo de mañana...?

—Me encantaría. De verdad.

Chase se dio cuenta de que una sonrisa enorme había iluminado su rostro. Como si fuera un crío.

—Estupendo.

Seguían mirándose a los ojos. Ninguno de los dos quería apartar la mirada. Y si pudieran quedarse así para siempre, sería como estar cerca del paraíso.

—Sé que das besos para curar a los enfermos, pero... ¿también das besos de buenas noches? Ya sabes, para que uno pueda dormir mejor.

Aquella pregunta la sorprendió.

—Yo...

—No es gran cosa, Mallory. Solo un beso.

Ella lo miró con los ojos más grandes y más brillantes que Chase había visto nunca. Unos ojos llenos de confianza y de deseo. En silencio, ella levantó un brazo para pasarlo alrededor de su cuello. Era mucho más bajita y tuvo que ponerse de puntillas.

—No quiero hacerte daño.

—No me haces daño. El único dolor... —Chase no terminó la frase, buscando sus labios que sabían a miel— es desearte tanto...

Suspirando, Mallory se apretó contra él. Sus pechos se aplastaban contra el torso del hombre, su abdomen acunaba el calor de la pasión masculina.

Por instinto, Chase alargó la mano para acariciar sus pechos, el pulgar aventurándose para buscar el pezón. Apenas lo había rozado cuando ella lanzó un suave gemido. Chase empezó a besarla en el cuello, en la garganta... Descubría su suavidad con caricias íntimas que Mallory no rechazaba. Deseaba tomarla allí mismo; lo deseaba con tal fuerza que tuvo que hacer un esfuerzo sobrehumano para contenerse.

—Chase...

Él la apretó contra su pecho, acariciándola como un poseso. Pero entonces se dio cuenta de algo... Estaba tocando a una mujer a la que nadie había tocado. Una mujer que quería un amor para siempre.

Chase se apartó.

—He dejado que las cosas se me fueran de las manos y...

—No te disculpes. Quizá has educado mi pequeña alma virgen —intentó sonreír Mallory—. No ha sido nada, Chase. Pero no volverá a pasar.

Capítulo 9

LA feria estaba llena de furgonetas, chicas con vaqueros ajustados y peones que mascaban tabaco. Los caballos, el modo de transporte más usado, pasaban entre los coches y el olor a barbacoa flotaba por todas partes.

Chase se detuvo delante de un puesto de comida.

—¿Qué tal una oreja de elefante?

Mallory lo miró, atónita.

—¿Qué?

—Es un pastel con azúcar y canela. O fresas, si te gustan más.

Ella clavó el tacón de sus botas en el polvo. Eran de color rosa; unas botas vaqueras tan extravagantes que sencillamente tuvo que comprarlas. A su padre le encantarían.

—Azúcar y canela.

—Lo que diga la señorita —sonrió Chase, sacando la cartera del bolsillo—. ¿Te gusta?

—Ah, está muy rico. Se parece al *bourlainne*, el pastel favorito de mi padre.

—Supongo que tu país y el mío deben parecerse bastante.

—Sí, pero hay muchas diferencias. Ojalá tuviera tiempo para conocerlas todas.

Chase apretó los labios. Ojalá fuera así. Sentía un terrible deseo de enseñárselo todo, de compartirlo todo con ella, de mostrarle un nuevo mundo de placeres y experiencias.

—¿Hay cosas como estas en Narwhal? —preguntó, señalando alrededor.

—Sí, pero en lugar de rodeos hay partidos de fútbol. La bebida nacional es la cerveza y durante las celebraciones del día nacional nos visita gente de todo el mundo.

—¿Y qué se hace ese día?

—Una representación teatral para honrar la leyenda del unicornio.

Chase no quería hablar de unicornios y leyendas. Aquel día no. Se quedó mirando el gusano loco, donde las parejas reían, lanzadas unas contra otras. Y se preguntó cómo sería estar apretado contra Mallory, sentir la suavidad de su cuerpo...

Sus costillas no podrían soportar el impacto, pero su corazón sí.

Cuando terminaron el pastel, fue a comprar dos

vasos de limonada. Iba a pedirlos cuando Mallory tocó su brazo.

—Podemos compartirlo. O puedes darme un sorbo del tuyo.

Chase miró su boca, recordando el beso de la noche anterior. Pensó que rozaría el borde del vaso donde habían estado sus labios... y pidió una limonada grande para compartir la experiencia todo lo que fuera posible.

—Ah, qué rica.

—Casi se me había olvidado. Hace mucho tiempo que no vengo por aquí.

—¿Ah, no?

—No —contestó él, apartando la mirada. Claramente, no quería explicar el porqué de su ausencia—. ¿Te gusta la góndola?

—Mucho.

—A mí también. Pero no puedo subir, me duelen las costillas.

—No te dolerán siempre, tonto.

Chase la miró, preguntándose si esas palabras serían proféticas. Porque empezaba a creer que había una posibilidad...

En ese momento pasaban por delante de los caballitos y una niña los saludó con la mano. Entonces se le encogió el corazón y, sin pensar, le pasó a Mallory un brazo por los hombros. Ella no protestó.

Pasearon de ese modo hasta llegar a la noria.

—Aquí no me haría daño en las costillas.

—Y desde arriba podríamos verlo todo —dijo Mallory, entusiasmada.

—Al menos, un pedazo de Wyoming —sonrió Chase.

Cuando el encargado colocó la barra de protección, sintió que estaban solos en el mundo.

—No sé por qué me he subido aquí. Estas cosas me dan miedo —sonrió Mallory.

—¿En serio? Pensé que nada te asustaba.

—¿Cómo que no? No soy tan valiente.

—Te he visto con Peggy Sue. Si no le tienes miedo a esa yegua...

El viento movía su pelo y Chase lo apartó suavemente con la mano. Fue solo un segundo, pero algo tocó su corazón.

—Me dan miedo muchas cosas —dijo ella en voz baja—. Me da miedo no llegar con Peggy Sue donde debo llegar, no poder enseñarle todo lo que quiero.

—Venga...

—No, de verdad. Y me preocupa mi padre. Está enfermo y me da miedo que le pase algo. Mucho miedo, Chase. A pesar de todos los consejeros, me quedaría sola. Las decisiones sobre la empresa recaerían sobre mis hombros y es una gran responsabilidad. Además, lo quiero mucho. Si te parezco valiente es por él. Me ha enseñado tantas cosas... y lo echo mucho de menos.

—¿Por eso hablaste anoche de volver a casa?

—Sí. Pero necesito encontrar... lo único que podría devolverle la salud.

—Por eso quieres a Peggy Sue. Para divertirlo.

—No, es más que eso —suspiró Mallory—.

Estoy buscando algo que le dé un poco de paz. Especialmente ahora, en sus últimos días.

«Sus últimos días».

Un recuerdo asaltó a Chase, encogiendo de nuevo su corazón. Un caballo de peluche, con la crin y la cola blancas. Una mantita amarilla, un vestido de terciopelo rojo... Para ser un duro vaquero, era curioso que solo pudiera recordar cosas tan suaves.

—Como padre... —empezó a decir, aclarándose la garganta— imagino que el tuyo será feliz si tú lo eres.

—Eso es lo que dice siempre, pero yo quiero darle algo más.

—Entiendo.

—Eso espero, Chase. Espero que algún día lo entiendas.

La noria seguía subiendo y bajando. El cielo y el infierno, pensó él. Arriba, en el paraíso, y después abajo, en la tierra, en el infierno.

—Gracias —sonrió Mallory cuando la noria se detuvo—. Por todo. Por este día y por escucharme. Confío en ti, de corazón.

Chase sabía que debía controlar sus sentimientos. No había alternativa. Con su pasado y su incierto futuro...

—Has visto demasiadas películas —intentó sonreír.

Vio sorpresa, incluso dolor en los ojos azules de Mallory, pero no dijo nada.

Caminaron en silencio por entre la gente. Quizá los dos sabían que se acababa el tiempo y quizá intentaban que durase todo lo posible.

—Vamos a la plaza. Creo que hay un baile.

La plaza, decorada con linternas de colores, estaba llena de gente. Sobre un escenario de madera había una banda de música *country*.

—¿Tú bailas?

—Así no —sonrió ella—. Pero fui a una escuela de baile y sé bailar el vals.

—Aquí bailamos un poco más rápido. ¿Quieres que te enseñe?

Mallory asintió. Quizá aquella sería su última oportunidad de estar con él y debía aprovecharla. Había bailado con hombres importantes, hombres pagados de sí mismos. Aquella noche era su oportunidad de estar con un hombre que le gustaba de verdad. Y se llevaría el recuerdo con ella.

—Así no, esto no es un salón de baile —rio Chase—. Así, yo te tomo por la cintura...

Mallory sintió un escalofrío cuando la aplastó contra su torso.

—Pero tan cerca...

—¿Y?

—Todo el mundo está mirando.

—No, cariño. Todo el mundo está ocupado bailando.

Ella miró alrededor. Era cierto. Las parejas estaban ocupadas mirándose a los ojos, riendo, compartiendo aquel momento de felicidad.

Entonces acarició la camisa que había lavado unos días antes y experimentó una sensación extraña. Sin darse cuenta, cerró los ojos. Olía tan bien, la hacía sentir tan bien. Su corazón latía con una fuerza embriagadora.

Su padre decía que el matrimonio era una experiencia incomparable. Por supuesto, él no sabía que debía mantenerse virgen para que se cumpliera la leyenda. Era algo que había soñado desde niña.

Pero entonces apareció Chase Wells... que amaba a sus caballos y su vida en Wyoming. Un hombre independiente, seguro de sí mismo, que tomaba sus propias decisiones.

Se preguntó entonces qué pensaría su padre de él. Por intuición supo que le gustaría y eso hizo que su corazón se acelerase un poco más.

La banda dejó de tocar, pero Mallory y Chase seguían bailando.

—Veo que te gusta.

Ella echó la cabeza hacia atrás para mirarlo. Al hacerlo, sus cuerpos se rozaron todavía más.

—Me gusta mucho.

Chase la apretó contra su pecho y Mallory supo que la tomaría en brazos si no fuera por la costilla rota.

Entonces, alguien le tocó el hombro.

—¡Chase! Qué sorpresa. Me alegra verte bailando.

—Hola, Grant.

—La última vez que te vi bailando aquí fue con Skylar.

—Así es —murmuró él, apretando los labios.

—¿No me presentas a tu amiga?

—Mallory, te presento a Grant Maxwell, el director de subastas de ganado. ¿Quién sabe? Quizá él tenga un caballo para ti.

—Hay una subasta dentro de dos semanas. Si estás interesada, deberías pasarte por allí.

—Quizá lo haga —dijo ella, sin mucha convicción.

—Hace tiempo que no nos vemos, Chase. Y me alegro de haberte encontrado aquí —dijo el hombre entonces—. Cuida de él, Mallory.

Capítulo 10

CHASE había cambiado por completo tras su encuentro con Grant. Después de un par de bailes sugirió que volviesen al rancho, alegando que le dolían las costillas. Como casi nunca se quejaba, Mallory sospechó que había algo más.

Miró entonces por encima del hombro hacia la plaza, donde había dejado un trozo de su corazón, lamentando que la noche hubiera terminado tan pronto.

Nunca había bailado al aire libre, solo en salones de baile; nunca había bailado bajo linternas de colores, sino candelabros de cristal francés.

Caminaron en silencio hacia la furgoneta, pensativos.

—Debería haber traído un jersey —murmuró.

Chase abrió la puerta de la furgoneta y sacó una camisa de franela.

—Esto es lo único que tengo.

Mallory se preguntó qué había cambiado entre ellos, se preguntó por qué no la abrazaba de nuevo.

—Gracias.

—Mi pobre niña rica —sonrió él, colocándole el cuello de la camisa—. Te visto con trapos.

—No me importa. Ha sido maravilloso estar contigo, ver esta otra faceta tuya.

Chase apartó la mirada, nervioso.

—¿Qué pasa? ¿He dicho algo malo?

—No, no —contestó él, mirando hacia la plaza.

—Tengo la impresión de que estás enfadado conmigo.

—¿Contigo? No, estoy enfadado conmigo mismo. Por recordar. Aunque a veces no puedo evitarlo. La gente me lo recuerda.

—¿Qué te recuerdan, Chase? ¿A Skylar?

—Sí —suspiró él—. A Skylar.

Mallory sintió una punzada de celos. Pero era absurdo. Debía haber otras mujeres en su vida. Él mismo le había dicho que era un hombre experimentado.

—Pero no es lo que tú crees —dijo Chase entonces.

—¿Cómo sabes lo que pienso?

—Lo sé, sencillamente. No te he hablado de mi pasado porque pensé que no habría necesidad.

Su corazón se aceleró de nuevo. Chase Wells

no solía dar explicaciones... a menos que confiase de verdad en alguien.

—Skylar era mi hija. Mi única hija. Nació con un defecto congénito en el corazón y murió hace dos años, cuando tenía tres.

Mallory se quedó helada. Literalmente. No había indicación alguna de que un niño hubiera vivido en la casa.

—Tenías una hija —repitió, sorprendida.

—Me casé hace siete años, pero las cosas empezaron a ir mal desde el primer día. Sharon era la típica chica del este que se casa con un vaquero. Quería al vaquero, desde luego, pero luego no supo qué hacer con él. Yo pensé que la niña era un intento de recomponer las cosas, pero le contó a todo el mundo que Skylar había sido un accidente. Entonces, cuando nuestra hija nació con problemas...

Mallory apretó su mano.

—Lo siento mucho, Chase, de verdad.

—Vamos a otro sitio. ¿Alguna vez has hablado con alguien en la trasera de una furgoneta? Es el mejor sitio para contar secretos y hablar sobre lo que esperas del futuro.

—No suelo viajar en furgoneta —sonrió ella.

—Pues deberías hacerlo —dijo Chase, colocando una manta—. Suba, señorita, el carruaje espera.

—Gracias, caballero.

El cielo, como un manto de terciopelo negro, parecía envolverlos. Y las estrellas eran más brillantes que nunca. Chase abrió una nevera portátil y le ofreció una cerveza.

—¿Quieres oír el resto de la historia?

—Sí, claro.

—Sharon deseaba todo lo que yo no podía ofrecerle: una buena cuenta corriente, una gran ciudad, amigos de clase alta... y cuando la niña nació con problemas se hundió del todo. Skylar era su compromiso conmigo, pero fue una buena madre —suspiró Chase—. Skylar era hija mía, desde luego. Como yo, amaba los caballos... y sentía una gran aflicción por Peggy Sue.

—¿Aflicción? Quieres decir afecto, ¿no?

—No, quiero decir aflicción. No sé por qué, pero el caso es que Peggy Sue le daba pena.

Mallory se quedó pensativa. Saber cosas sobre Peggy Sue y lo importante que había sido en la vida de Chase lo complicaba todo. Pero era lógico que hubiera sido buena con una niña; sobre todo, con una niña enferma.

—¿La enseñaste a montar?

—No, mi hija nunca pudo montar a caballo, pero la cepillaba, la acariciaba... Los animales jóvenes, especialmente los que tienen sangre mesteña, son siempre muy nerviosos... pero Peggy Sue no lo era cuando Skylar vivía.

—Ha sido muy duro para ti, ¿verdad?

—No ha sido fácil, no. Sabía que mi matrimonio con Sharon estaba roto incluso antes de perder a Skylar. Pero perder a mi hija así, tan joven... —Chase tuvo que apretar los dientes—. No estaba preparado para eso. Ninguno de los dos lo estábamos.

—Es horrible ver sufrir a alguien a quien quieres. Lo sé. A mí me pasa lo mismo con mi padre... aunque sé que es diferente. Siempre es diferente cuando se trata de un niño.

—Todo se hundió al morir Skylar —siguió Chase—. Sharon había pasado tanto tiempo en el hospital que se enamoró de uno de los médicos. Fue inevitable y no tenía sentido prolongar el dolor, de modo que nos divorciamos. Ella siguió adelante con su vida y yo me centré en el rancho.

—¿Y tu familia, tus amigos?

—Corté mis lazos con todo y con todos. Lo único que he hecho desde entonces es trabajar. A veces montaba a caballo y desaparecía durante unos días... muy egoísta por mi parte porque era Lewt quien tenía que llevarlo todo. Pero nunca se ha quejado, nunca ha dicho una palabra.

—Skylar debió de ser una niña preciosa —dijo Mallory.

—Lo era —suspiró él, sacando la cartera del bolsillo para mostrarle una fotografía.

Parecía un querubín, con el pelo rubio y los ojos de un gris azulado.

—Se parece a ti —dijo Mallory, sin darse cuenta de que aquel comentario le partía el corazón.

Pasó un segundo, dos.

—Un poco. Pero yo esperaba que, de mayor, se pareciese a alguien como tú. Que fuera fuerte, amable, dulce. Tenía todo eso, pero su pobre corazón no la dejó seguir adelante. Y lo más absurdo de todo es que Skylar era todo corazón.

—Quizá eres un hombre afortunado, Chase —dijo Mallory entonces, devolviéndole la fotografía—. Tener todo eso en tu vida, aunque fuese durante poco tiempo...

—Quizá. Pero no quiero volver a pasar por ello. He cerrado esa puerta. No quiero una relación seria, no quiero volver a casarme nunca. Y por eso... ni siquiera quiero que me gustes, Mallory. Ni siquiera debería estar sentado aquí, contigo, hablando de cómo me siento... o lo que quiero hacer el resto de mi vida.

—¿Y qué piensas hacer, Chase?

—Seguir. Solo.

—Entiendo.

—¿Me entiendes?

—Los dos tenemos otras cosas en nuestra vida, otros compromisos. Yo tengo mis responsabilidades familiares, tú tienes el rancho. Nuestras vidas se han cruzado, pero vivimos en mundos diferentes.

—Literalmente —sonrió él.

Mallory sonrió también, con tristeza, poniendo la cabeza sobre su hombro.

—No pasa nada. Es suficiente con que seamos amigos, con confiar el uno en el otro.

Chase la apretó contra su costado.

—¿Sabes una cosa? —preguntó con voz ronca—. Si no fueras virgen... serías mi amante.

—Lo sé —dijo ella con toda tranquilidad.

Se quedaron en la furgoneta hasta las dos de la mañana, hablando de la vida. Mallory le contó cosas que no le había contado a nadie. Por ejemplo, cómo había soñado que su niñera se enamorase de su padre y que vivieran los tres juntos en el valle, felices para siempre.

Mallory admitía incluso haber orquestado situaciones para dejarlos solos, pero todas fracasaron. Su niñera detestaba a los caballos, su padre estaba siempre viajando... ¡y para rematar el desastre, la niñera tuvo la cara de casarse con un inglés!

Fue entonces cuando empezó a estudiar las leyendas de su país, porque en ellas siempre había un final feliz.

Chase escuchaba pacientemente. Y si le hubiera dado una señal de que la creía, de que creía en un final feliz, se lo habría contado todo.

Le habría hablado sobre Peggy Sue, sobre sus sospechas de que Skylar había influido en el animal...

La hija de Chase era una niña inocente. Los unicornios buscan la inocencia, la reconocen. Es un tesoro para ellos y era lógico que un unicornio hubiera reconocido la pureza en Skylar.

—Chase, si Peggy Sue era dócil con tu hija, ¿qué la hizo cambiar?

—Que la abandonamos. Fue culpa mía. Estaba tan roto por dentro que dejé de prestarle atención. Verla me recordaba tanto a mi hija... Debería haberla atendido en memoria de Skylar, pero no podía hacerlo. Ahora es un animal incontrolable, pero no puedo sacrificarla porque el recuerdo de mi hija me ata a ella.

—Por eso cuando te pedí que me la vendieras, te negaste.

—En parte. Pero sigo temiendo que te haga daño —sonrió Chase, tocándose las costillas—. Sé perfectamente lo que es capaz de hacer.

—Peggy Sue tiene muchas cualidades. Aunque quizá todavía no estás preparado para reconocerlas.

—Estás haciendo un trabajo excelente con esa yegua, Mallory. ¿Eso es lo que quieres oír?

¿Yegua? No, Peggy Sue era un unicornio... o al menos llevaba sangre de unicornio en las venas. Estaba convencida.

—Lo que quiero oír es que harás lo que sea mejor para ella. Yo creo que puede haber un final feliz para Peggy Sue... e incluso para nosotros. Pero te advierto, puede que no sea el final que esperamos.

Capítulo 11

HABÍA pasado una semana desde la feria y Chase se encontraba cada día mejor. Pero lo que se había hecho más fuerte durante aquella semana era su relación. Charlaban, se reían juntos, se contaban cosas.

Aunque en ciertos momentos se rehuían, Mallory suponía que era porque habían revelado demasiado sobre sí mismos... y ambos se negaban a que una relación sexual complicase lo que cada uno tenía previsto para el resto de su vida.

Lo importante para ella era Peggy Sue, lo importante era la leyenda del unicornio de Narwhal.

Aun así, era difícil caminar al lado de Chase y no tomar su mano. Era difícil mirarlo y no tocar su cara o desear sus besos.

Estaba casi constantemente a su lado, animándola. Era en lo primero que pensaba cada mañana y lo último que veía por las noches.

Mallory dejó el albornoz sobre una silla y apagó la lamparita. Podía oír el sonido de una radio en la casa de los peones... uno de los vaqueros soltó una risotada y ella sonrió también. Seguramente Lewt acababa de ganar una partida de póquer.

Cuando sonó el teléfono imaginó que sería Bob Llewelyn, que solía llamar de noche. Sería agradable quedarse dormida oyendo la voz de Chase en el pasillo...

Pero no oyó su voz, sino sus pasos y luego un golpe en la puerta.

—¿Mallory?

—Entra.

—Tienes una llamada telefónica. De Narwhal.

Mallory salió corriendo hacia el pasillo, nerviosa.

—¿Dígame? Ah, hola, Randolph.

—Siento molestarte durante tus vacaciones, pero me temo que era necesario.

Chase se dio la vuelta para dejarla hablar en privado, pero ella lo detuvo.

—¿Qué ocurre, Randolph?

—Es tu padre, Mallory. Se ha puesto peor. Él dice que soy un alarmista, pero yo creo que quiere verte.

—Volveré a casa inmediatamente. ¿Cómo está, Randolph? ¿Muy mal?

—Tiene dolores, pero ya sabes que es un hombre muy fuerte. Quizá tú seas el tónico que necesita. Esperábamos que mejorase... pero lleva así varios días.

Mallory cerró los ojos. Lo había llamado frecuentemente, pero su padre no le había dicho que se encontrase peor.

—No sabía nada. Si tú no estuvieras pendiente de él...

—Ya sabes que es una roca, pero creo que ahora mismo nuestra roca necesita un milagro.

—Oh, Randolph, no...

—Mañana mismo te mando el avión a Denver. Puede que tú seas ese milagro.

Mallory colgó con el corazón en un puño. Narwhal estaba a miles de kilómetros...

Era demasiado pronto; su trabajo con Peggy Sue no había terminado, pero tenía que volver.

—¿Lo has oído?

—Sí, creo que sí —contestó Chase.

—La salud de mi padre se ha deteriorado y necesitan que vuelva a casa inmediatamente.

—Puedo llevarte a Laramie, o a Denver, donde tú me digas.

—Van a enviar un avión privado a Denver y... me gustaría llevarme a Peggy Sue conmigo, Chase. Por mi padre.

—¿Qué?

—Es su hogar. Es donde debe estar —le suplicó ella.

—No te rindes nunca, ¿eh? Estás tan decidida a

tener ese caballo que incluso con tu padre enfermo...

—¡Chase, escúchame! Hay algo que no te he contado.

—¿Te das cuenta de que siempre hay algo que no me has contado? —replicó él.

—Voy a hacer un café —suspiró Mallory entonces, entrando de nuevo en la habitación para tomar el albornoz—. Tenemos que hablar de esto y tiene que ser esta noche...

—Crees que te dejaré llevarte a Peggy Sue, ¿no? —le espetó Chase entonces, enfadado—. Me gustaría saber por qué crees que esa maldita yegua tiene que vivir en Narwhal.

—Porque estoy convencida de que es su casa. Ella no sabe lo que significa eso y, la verdad, yo tampoco. Sé que te duele mucho desprenderte de ella, pero... Es una historia muy larga, Chase. Una historia que se remonta a varias generaciones. Y creo que Skylar apareció en su vida para cuidar de ella antes de que...

—Cada vez me confundes más —la interrumpió Chase.

—Vamos a la cocina. Tenemos que hablar.

—Desde luego que sí.

Mallory no podía mirarlo mientras hacía el café. Estaba de espaldas a él, pensando en lo que Peggy Sue significaba para aquel hombre. La yegua era su última conexión con Skylar.

—Hace muchos años —empezó a decir, sentándose a su lado— antes de que yo naciera, le ocurrió algo a mi familia que tiene que ver con la leyenda. Por eso hablo de ella tan a menudo, supongo. Mi bisabuelo fue el fundador del imperio naviero Chevalle, pero tenía un socio. Por lo visto se llevaban muy mal, pero ganaban mucho dinero juntos. La finca en la que vivimos era la casa de mi bisabuelo, construida sobre las tierras donde una vez vivió el unicornio.

Chase sacudió la cabeza, incrédulo, pero Mallory no le hizo caso.

—Fue el amor de mi bisabuelo por los caballos lo que cambió su vida. Criaba unos caballos extraordinarios, los Cornelle, que ahora se han extinguido.

—Los Cornelle —repitió Chase.

—Eso es. Decían que tenían sangre de unicornio —siguió ella, sin pestañear—. Las características eran similares, pero no las mismas. Eran animales más fuertes, más cortos de remos, de músculos marcados, con la cola y la crin blancas... y un pequeño cuerno o protuberancia en la frente. Como Peggy Sue.

Chase se cruzó de brazos.

—Sigue.

—Bueno, el caso es que mi bisabuelo tuvo la oportunidad de traerlos a América para una exhibición y, durante su visita, llegó a un acuerdo comercial que enfureció a su socio, Mark Lehn. Se enfadaron tanto que rompieron la sociedad y, para hacerle daño, Lehn se llevó a sus queridos Cornelle a las montañas Rocosas. Fue un acto de venganza, pura y simple.

—Espera un momento. En las Rocosas solo había mesteños desde hace generaciones —protestó Chase.

—Lo sé. Se hicieron esfuerzos para recuperar a los Cornelle, pero sin resultado. Yo creo que se mezclaron con los caballos salvajes.

—¿Estás diciendo...?

—Que espero que Peggy Sue tenga sangre de los Cornelle.

Chase levantó los ojos al cielo.

—Por favor...

—Desde aquel evento, mi familia ha sufrido muchas tragedias, cosas que no todo el mundo sabe. Pero mi bisabuelo creía firmemente en la profecía.

—¿Qué profecía?

—«Solo el retorno del unicornio perdido podrá restaurar la salud a un enfermo» —recitó Mallory—. Yo creo que mi padre podría recuperarse, pero tiene que saber que el Cornelle perdido está de vuelta en casa.

Chase se levantó para servirse una taza de café.

—Esa es la tontería más grande que he oído en toda mi vida. Y si crees que un caballo con un bulto en la frente va a resolver tus problemas, te equivocas. Lo único que corre por las venas de Peggy Sue es odio.

—Peggy Sue se hizo amiga de tu hija porque era inocente, Chase. ¿Cuándo empezó a portarse de forma salvaje?

—Cuando dejé de prestarle atención.

—No. Cuando su conexión con lo que era puro se cortó. Los unicornios buscan la pureza, la inocencia.

—Por favor...

—No tiene nada que ver contigo. Es algo que tú no podías controlar. ¿No lo entiendes, Chase? Cuando Skylar desapareció, Peggy Sue se sintió confusa, perdida. Es un dolor que ni ella misma puede controlar. Tú no podías saberlo.

—No quiero...

—Ya lo sé. Yo tampoco quería decírtelo así. Pero no vine aquí solo a ver caballos, vine porque Bob Llewelyn me habló de esa yegua... con un bulto en la frente, una yegua imposible de domar.

—¿Qué es lo que quieres? —preguntó Chase entonces.

—Véndemela. Deja que me la lleve a casa, con mi padre. Puede que no lo cure, pero te aseguro que, al menos, le dará esperanzas. ¿Es demasiado pedir? Solo quiero hacerle creer a mi padre que hemos encontrado un caballo con sangre de los Cornelle para que pueda recuperarse de su enfermedad.

Chase dejó la taza sobre la repisa, de golpe.

—A ver si lo entiendo. Tú te vas a Narwhal...

—Eso es.

—Y quieres llevarte a esa yegua y hacerla pasar por un unicornio.

—Sí... y no. Nadie tiene por qué saber nada sobre Peggy Sue. Nadie más que mi padre y yo.

—La yegua no está en venta, Mallory. Si significa tanto para ti, te la regalo. Mi regalo de despedida. Para tu padre... y en memoria de mi hija.

—Gracias, Chase. No sabes lo importante que es para mí y...

—Olvídalo —la interrumpió él—. Además, tú eres la única que puede manejarla. ¿Para qué la quiero yo?

Capítulo 12

DEJAR el rancho fue muy difícil, muy doloroso. Cuando Peggy Sue estuvo en el cajón especial en el que tendría que cruzar el Atlántico, Mallory se volvió hacia Chase. Tras ella, rugían los motores del avión y las azafatas esperaban que subiese la escalerilla.

—Gracias por todo.

—De nada —murmuró él.

—La cuidaré muy bien, de verdad.

—Lo sé —asintió Chase.

—Peggy Sue significa mucho para mí. No podré mirarla sin acordarme de ti.

—Piensa en mí la próxima vez que subas a una noria —dijo él entonces—. Recuérdame como el hombre que te llevó a la cima del mundo.

Mallory contuvo un sollozo.

—Lo haré —murmuró, apretando su mano—. Quería dejarte algo como recuerdo y lo único que se me ocurrió fueron estas absurdas botas rosas que me convenciste para que comprase el día de la feria. Pero no podía separarme de ellas.

—Te quedan muy bien —dijo Chase.

Mallory se acercó entonces para darle un beso en la mejilla. Quería recordar su olor, la textura de su camisa, el roce de su barba.

—Te... te enviaré un regalo desde Narwhal.

—¿Qué, una botella de vino y un queso? —bromeó él.

—No. Un regalo de corazón. Mi yegua favorita, Stardust, tuvo su primer potro el año pasado. Es una belleza, un pura sangre. Se llama Galaxy y quiero que sea para ti. Así una parte de mí estará contigo siempre. Si se convierte en el semental que todos esperamos, tu cuadra se hará famosa en el mundo.

—No puedo aceptar...

—Adiós, Chase —lo interrumpió ella—. Siempre... siempre me acordaré de ti —dijo entonces, con el corazón partido—. Y puedes ir a Narwhal cuando quieras. Espero que algún día dejes que devuelva tu hospitalidad.

Después, se volvió y subió corriendo la escalerilla del avión.

Su padre estaba más enfermo de lo que había imaginado. Aunque le brillaron los ojos al verla,

Mallory vio su palidez, la notable pérdida de peso.

—Deberías habérmelo dicho, papá —murmuró, abrazándolo.

—Es que parecías tan contenta cada vez que hablábamos por teléfono... No quería apartarte de ese rancho y de ese vaquero al que tanto apreciabas.

—¡Oh, papá! El rancho solo era una diversión y el vaquero, solo un hombre —mintió Mallory—. Lo importante es lo que he encontrado allí.

—¿Qué es? ¿Una silla de montar hecha por los indios? —bromeó su padre.

—Ven, tenemos que ir a los establos.

—Estoy cansado, hija...

—¿Qué? ¿Vengo desde Wyoming para estar contigo y tú no puedes acompañarme a los establos? Vamos, hazme ese favor...

—¿Un favor? —rio Hewitt Chevalle—. Pero si eres una niña mimada que no presta ninguna atención a su pobre y viejo padre.

—¡Ja! Yo hago que te mantengas joven.

—Sí, es verdad, cariño —suspiró el hombre.

Mallory empujó la silla de ruedas hasta el ascensor. Podría haberle pedido ayuda a algún criado, pero quería vivir aquel momento a solas con su padre.

—¿Recuerdas el caballo del que te hablé, papá?

—Creo que sí.

—Me hablaron de un animal que se parecía a

los Cornelle. Por eso fui a Wyoming, para encontrarlo —dijo Mallory, empujando la silla de ruedas hasta la puerta del establo.

Peggy Sue inmediatamente levantó la cabeza... y su padre sonrió, encantado.

Ella levantó una mano para asegurarle a la yegua que todo iba bien.

—Entonces, era cierto...

—He tardado semanas en ganar su confianza, pero estoy convencida de que lleva la sangre del unicornio. Su madre vivió en las colinas de Wyoming, su padre era un mesteño.

—Un mesteño con sangre de los Cornelle —murmuró su padre, intentando levantarse de la silla. Peggy Sue inmediatamente levantó la cabeza, relinchando furiosamente—. Ah, es cierto, solo te acercas a los puros de corazón.

—Papá...

—Rechazas a un viejo que lleva toda la vida buscándote —suspiró Hewitt Chevalle, resignado—. Pero yo solo quería tocarte las crines, sentir tu piel bajo mi mano.

—Ven aquí, papá. Apóyate en mí. Yo la sujetaré para que puedas acariciarla.

El hombre se levantó con dificultad y acarició al animal con manos temblorosas.

—Debemos liberarla. Tú y yo, los últimos descendientes de la familia Chevalle, debemos llevarla al valle donde una vez vivió el unicornio.

—Pero papá... ¿no es suficiente con tenerla en casa?

—No. Debemos hacerlo ahora mismo.

—Quizá cuando te encuentres un poco mejor...

—No, hija. Reuniré fuerzas como sea. Este es un día largamente esperado.

Incapaz de predecir el comportamiento de Peggy Sue, Mallory le pasó una cincha por el cuello para sacarla del cajón. Su padre iba detrás, caminando con dificultad. Una vez en la puerta del establo, miró las montañas, los inmensos prados...

—Puede que no volvamos a verla.

—Créeme, cariño. Los que te quieren siempre vuelven a ti.

Mallory soltó la cincha y Peggy Sue salió galopando. La observó correr libremente, pensando en Chase... pensando que lo había traicionado.

Hewitt Chevalle se sentía aliviado. No era la clase de alivio que podría remediar sus doloridos huesos, pero sí darle paz a su alma.

Había dejado abiertas las puertas del balcón aquella noche. Su médico lo regañaría, pero necesitaba sentir la misma libertad que la yegua con sangre de los Cornelle.

Aquella mañana uno de los caballos del establo parecía inquieto y sus patadas en el cajón lo hicieron levantarse de la cama.

Y entonces la vio, más allá de la verja estaba el Cornelle que Mallory llamaba Peggy Sue, moviendo impaciente la cabeza.

—Eres obstinada, ¿eh?

La yegua golpeó el suelo con sus casos y Hewitt sonrió, buscando con la mirada el batín. Pensó utilizar la silla de ruedas, pero decidió ir andando. Un poco de ejercicio le iría bien.

Le dolía todo el cuerpo cuando llegó a la verja, pero no hubiera perdido la oportunidad de verla por nada del mundo. Aquella vez, el animal parecía tolerarlo mejor, incluso cuando levantó la mano para acariciar la protuberancia de su frente.

—Ese cuerno tuyo es de marfil. La fuerza del unicornio y el corazón de un Cornelle. Eso es lo que tú eres.

Peggy Sue dio un paso atrás.

—¿Qué? ¿Quieres que te siga? Soy un viejo, no puedo caminar...

El animal dio otro paso atrás y él la siguió. Iban despacio, como si ella supiera que estaba enfermo. Pronto estuvieron a quinientos metros de los establos, cerca de una cueva donde solía jugar de niño. Entonces había un manantial, pero se había secado muchos años atrás.

—Ah, vienes aquí a beber...

Entonces vio algo que lo dejó maravillado. Delante de la cueva había un manantial de agua cristalina, pura, transparente.

—Pero si es como cuando yo era un niño...

Peggy Sue metió las patas en el agua y pareció hacerle un gesto para que lo siguiera.

—Será posible... está calentita —murmuró Hewitt, quitándose las zapatillas y el pijama—. Pensarán que soy un viejo loco, pero... por Dios, al menos moriré feliz.

Lo curioso era que no había muerto, pensaba Hewitt por la tarde, cuando llevó a Mallory para enseñarle el manantial. Cuando salió del agua se sentía mejor que nunca.

—¿Que has estado nadando? —exclamó su hija—. ¿Solo? ¿A las cinco de la mañana?

—El agua está caliente, mira. No ha habido agua aquí desde que yo era un niño y ahora traes al Cornelle y...

—Debe de ser un fenómeno natural.

—Mallory Beatrice. ¿Tú has traído la leyenda a Narwhal y ahora dudas?

—Papá, yo creo que Peggy Sue lleva sangre del unicornio. Discutí mucho con Chase al respecto, pero... Creo que te has curado tú mismo. Los médicos decían que era posible una remisión de la enfermedad.

Hewitt Chevalle miró a su hija, decidido.

—Vendré al manantial cada mañana —anunció—. Y me bañaré en el regalo que tu amigo Chase Wells y tú me habéis dado.

Una semana después, Mallory estaba convencida de que la leyenda se había hecho realidad. Su padre estaba mejor que nunca; ya no usaba la silla de ruedas y parecía tan robusto como cuando era más joven.

Y quería que invitase a Chase Wells para conocerlo.

—Quiero darle las gracias —anunció el décimo día, cuando decidió ir a la oficina en lugar de dirigir sus asuntos desde casa—. Y algún día lo haré.

Mallory se quedó mirando la limusina que desaparecía por el camino, feliz de que su padre hubiese recuperado la salud.

Lo que no sabría nunca era lo que ella había dejado atrás para llevarle un poco de salud. Nunca podría amar. Debía mantenerse pura de corazón mientras la yegua Cornelle pastase en sus prados. Peggy Sue debía saber que seguía siendo pura.

Era un pequeño sacrificio, pensó durante largas y solitarias semanas, cuando sus amigos estaban ocupados con sus familias y su padre con los negocios.

Debería planear cosas para el campamento de verano, pero solo podía pensar en Chase. Se preguntaba si le habría gustado el potro, si pensaba en ella alguna vez...

Mallory veía a Peggy Sue todos los días. Iba al manantial a buscarla y ella siempre aparecía, aunque fuera solo durante unos minutos.

Y, sobre todo, se pasaba el tiempo recordando la cara de Chase, imaginándolo cansado... Mientras ella pasaba los días sin hacer nada, imaginaba que Chase estaría trabajando de sol a sol, para olvidar el dolor y los recuerdos.

Peggy Sue se acercó a ella una mañana de agosto. Estaba engordando y su pelo era más brillante cada día.

—Qué diferente estás. Qué guapa.

El animal movió la cabeza con coquetería.

—¿Piensas en Chase alguna vez? Yo sí. Lo echo mucho de menos —suspiró Mallory—. ¿Y sabes una cosa? Algunos días me acuerdo mucho de Skylar, su hija. Era tan pequeña cuando murió... pero gracias a ella supe de ti. Si lo hubiera sabido antes quizá podrías haberla ayudado como tú has ayudado a mi padre. Ese habría sido un magnífico regalo para Chase. Para devolverle todo lo que me ha dado.

Peggy Sue levantó la cabeza.

—Es hablar por hablar, lo sé. Es que a veces siento que no hago nada por los demás... y no sé por dónde empezar. Estoy inquieta, como tú antes de venir aquí.

La yegua se dio la vuelta entonces.

—¿Por qué te enfadas? ¿Qué he dicho?

Unos minutos después volvió... ¡seguida de un semental negro!

—Pero si no me habías dicho una palabra...

Peggy Sue y su amigo se alejaron galopando hacia el horizonte, como una pareja de enamorados.

Y a Mallory se le encogió el corazón. También a ella le habría gustado estar con Chase, encontrar un lugar para amarse, un lugar donde el compromiso pudiera unir dos almas heridas.

—Chase Wells —suspiró—. Esa yegua, ese unicornio tuyo… está intentando decirme algo. Quizá ha llegado la hora de tomarte por las solapas y espabilarte un poco. Quizá ha llegado el momento de dirigir mi propia vida, de manejar mi destino.

Capítulo 13

CHASE miraba el Atlántico por la ventanilla del avión, preguntándose si estaba loco. Él no tenía nada que hacer en una isla en la costa de Francia. Aunque fuera de visita.

Aunque Mallory Chevalle fuese la propietaria de toda la isla.

Pero hacia allí se dirigía, con el sombrero en la mano o, más bien, con el sombrero en el compartimento que había sobre su cabeza. Había llevado su viejo *Stetson* gris, pero se preguntaba para qué. Con aquel sombrero en Narwhal parecería un idiota.

El viaje lo ponía muy nervioso. Probablemente porque Mallory le pedía más de lo que él podía prometer.

Chase metió la mano en el bolsillo para tocar el telegrama. No le hacía falta sacarlo. Se lo sabía de memoria:

Chase, te necesito. Peggy Sue se ha escapado y no logramos encontrarla. ¿Puedes ayudarme?

Un telegrama. ¿Por qué no lo había llamado por teléfono? No le habría molestado nada oír su voz. Bueno... le habría dolido un poco.

¿Y por qué enviar un telegrama cuando podía haber enviado su avión?

Cuando supo la noticia empezó a lanzar maldiciones porque Mallory había perdido a la maldita Peggy Sue después de todo lo que había hecho para localizarla y llevarla a Narwhal. Montó tal escena que sus peones se rieron de él. Pilló a Lewt mugiendo como una vaca enamorada y a Tony llevándose una mano al corazón, con cara de tonto.

De modo que hizo lo que tenía que hacer: la maleta. Para ir a Narwhal. La isla mágica donde, según los folletos de viaje, una vez vivieron unicornios y doncellas hermosísimas.

Desde luego, lo último era cierto. Él lo sabía bien.

Chase seguía pensando en lo que Mallory le había contado sobre la leyenda de su país. Se reía de ellas, pero Peggy Sue estaba muy unida a Skylar y su hija era la viva imagen de la inocencia.

En realidad, cuando murió su hija descuidó a

todos los animales del rancho, no solo a Peggy Sue. Pero ninguno se volvió loco como ella. Recordaba perfectamente que la ira del animal empezó el día que murió Skylar. Luego se negó a comer y empezó a comportarse como si estuviera loca, hasta que, por fin, tuvieron que encerrarla en el cajón. Lo peor para un unicornio, según Mallory.

Pensó en la protuberancia de su frente. Había crecido.... hasta la muerte de Skylar. Luego dejó de crecer. El veterinario dijo que era una simple malformación, pero él temía que aquel hueso le produjera dolor o incluso afectase a su comportamiento.

Chase sacudió la cabeza. Había hecho lo que había podido por ella y se sintió aliviado cuando respondió ante Mallory. Quizá por eso le resultó tan fácil regalársela.

Mallory se la merecía. Había conseguido lo que él no consiguió nunca y la admiraba por ello. Pero no tenía nada que ver con que ella fuese... virgen. Le resultaba difícil usar esa expresión tan antigua, sobre todo para una chica millonaria de veinticinco años.

La virginidad de Mallory lo intrigaba y lo horrorizaba a la vez. Por un lado se decía a sí mismo que debía respetarla, que era algo que ella había guardado durante mucho tiempo. Por otro... en fin, le gustaría meterse en la cama con Mallory y hacerle de todo. Un buen revolcón en la paja, como decían en Wyoming.

Pero el asunto era que no se podía dejar a una mujer como Mallory Chevalle. Al menos, él no podría dejarla. Además, una cosa era acostarse con una mujer y otra convivir con ella. Chase lo sabía perfectamente.

Y, sin embargo, Mallory no era como Sharon. En absoluto.

Cuando el avión se acercaba a la isla vio las montañas de las que ella le había hablado, los prados, los pequeños pueblos al oeste...

Entonces se dio cuenta de algo. No había ido a Narwhal para buscar a Peggy Sue, había ido para ver a Mallory. Solo para eso.

Invadía sus pensamientos continuamente. Se despertaba por la mañana y se le encogía el corazón al notar su ausencia. Desayunaba y recordaba aquel día que le llevó una flor en la bandeja. Bajaba a la cocina para tomar café y recordaba el café de Mallory.

Fuera donde fuera, algo se la recordaba. El cepillo con el que cepillaba a Peggy Sue, la cerca del corral, la furgoneta donde se había sentado con ella...

En aquel momento entendía la frase «llevar el corazón en bandolera». Mallory Chevalle lo afectaba, no podía negarlo.

Pero eran solo recuerdos. Algunos necesitaban clarificación, otros, el olvido.

Ponerle punto final. Por eso había hecho aquel viaje.

Quizá debería haberla llamado antes de ir, pensó entonces. La verdad, no sabía lo que se iba a encontrar.

Otswego, la capital de Narwhal, era una comunidad muy próspera. Elegantes casas de dos pisos con jardín y balcones llenos de flores, calles con esculturas o magníficas estatuas... Chase asomó la cabeza por la ventanilla del taxi para disfrutar del encanto de Narwhal.

Los hombres llevaban trajes de chaqueta y zapatos italianos... pero se tocaban la cabeza con el *troinoux*, un antiguo gorro en forma de tricornio, muy típico del país.

Pasó al lado de una fuente en la que jugaban varios niños vigilados por sus madres y se preguntó si Mallory habría jugado allí alguna vez. Seguramente no. Ella era la hija del ciudadano más rico del país.

El taxi se detuvo frente a la finca de los Chevalle y Chase se quedó perplejo. Rodeada por un alto muro, con una verja de hierro forjado, la casa era en realidad un castillo de cuento de hadas, con torres, balcones y miradores.

El taxista le pidió dos *fasoux*, cinco dólares norteamericanos, y Chase los sacó de la cartera sin apartar la mirada del castillo.

Sabía que un hombre con vaqueros y sombrero *Stetson* no podría entrar así como así, pero lo sorprendió ser detenido por dos guardias uniformados, con un pastor alemán al que sujetaban de la correa.

Chase les mostró el telegrama.

—He venido a ver a Mallory Chevalle. Ella me ha pedido que viniera.

La atmósfera de cuento de hadas desapareció inmediatamente.

—Mallory Beatrice Chevalle no invita hombres a su casa —replicó uno de los guardias.

—¿Ah, no? Pues a mí me ha invitado.

El hombre estudió el telegrama y después sacó un móvil del bolsillo.

—Espere un momento.

No sabía que Mallory viviese así, como una prisionera en su torre de marfil. Él nunca podría vivir de ese modo.

Quizá por eso había disfrutado tanto de la libertad cuando estaba en Wyoming. Quizá era eso, no era él en absoluto. Quizá había sobreestimado su pequeño... ¿romance?

Quizá por eso no había vuelto a saber nada de ella en tantas semanas; solo lo había llamado porque lo necesitaba para recuperar a Peggy Sue.

Pero no merecía la pena hacerse tantas preguntas. Buscaría a la maldita yegua y se marcharía de vuelta a casa. Punto y final.

—¿Señor? Le pido disculpas —dijo entonces el guardia—. Tendrá que esperar un momento, pero podemos ofrecerle un té. Típico de nuestro país, con menta.

Chase sonrió.

—No, gracias. Si no les importa, echaré un vistazo por ahí...

—Lo siento, señor. Viene un coche a buscarlo.

—Pero si veo la casa desde aquí. Puedo ir andando.

Unos segundos después, un descapotable rojo apareció por el camino. Y a Chase le dio un vuelco el corazón al ver una melena rubia que conocía bien.

Mallory, que estaba tras el volante, saltó del coche en cuanto llegó a la verja.

—¡Has venido! —exclamó, abrazándolo—. Te he echado tanto de menos...

El impacto de tenerla en sus brazos lo dejó sin aliento. Chase respiró el aroma de su colonia, sin dejar de sonreír como un tonto.

—¡Ay, tus costillas! —gritó ella entonces—. ¿Te siguen doliendo?

—No, ya no.

—Tantas noches cambiándote el vendaje... —sonrió Mallory.

Por el rabillo del ojo, Chase vio a los guardias mirándose el uno al otro, sorprendidos.

—Supongo que debería aprender a apretar los dientes. Soy un quejica.

Mallory sonrió y Chase, tontamente, se alegró de no tener billete de vuelta.

—Ten cuidado. Si sigues sonriéndome así puede que no vuelva a casa nunca.

—Mejor. Tengo muchas cosas que enseñarte.

—¿Y Peggy Sue? Supongo que sigue perdida.

—Bueno... de eso podemos hablar más tarde. ¿Conoces a Roderick y a Claude?

Chase se tocó el sombrero.

—Encantado.

—Señor —sonrió el mayor de los dos.

—A partir de ahora podrás entrar y salir cuando quieras. Sé que tú no estás acostumbrado a estas cosas, pero mi padre insiste en la seguridad.

—Un hombre listo. No quiere que te pase nada.

—Pero pasan cosas, Chase —dijo entonces Mallory—. Además, he aprendido que hay cosas en la vida que no se pueden prevenir. Y algunas veces uno no quiere hacerlo.

—Siento haberte hecho esperar —dijo Mallory, reuniéndose con él en el patio poco después.

Había ido a cambiarse, pero Chase no esperaba verla con un vestido tan bonito. Era de color negro, atado al cuello como si fuera un pañuelo. Nunca la había visto con un vestido... y estaba preciosa.

Era una mujer diferente de la que había conocido en el rancho. Una mujer refinada, sofisticada, que aceptaba su opulenta forma de vida como si fuera lo más natural del mundo.

Pero la comida que los criados habían servido en el patio no era un simple estofado de carne.

—Podrías haber empezado sin mí —dijo ella.

—¿Cómo iba a hacer eso?

—Pensé que tendrías hambre.

—Te estaba esperando —murmuró Chase, encogiéndose de hombros.

La verdad era que no había querido meter el tenedor en aquellos platos tan fabulosamente decorados. Las verduras estaban cortadas en forma de florecita, las salsas servidas en salseras de porcelana inglesa...

—¿No te gusta?

—No, no... es que pensé que íbamos a comer juntos.

—Al cocinero le encanta preparar platos bonitos. Y creo que hoy se ha lucido especialmente. El ama de llaves me ha dicho que está muy sorprendido porque un caballero ha venido a verme.

—Lo dices como si fuera algo muy raro.

—Lo es —rio Mallory—. Creo que el servicio hace apuestas sobre si hará falta buscarme una casamentera o acabaré siendo una vieja solterona.

—No lo dirás en serio. ¿Una solterona tú?

Mallory se encogió de hombros.

—Prueba los espárragos. Están riquísimos —dijo, ofreciéndole uno con su tenedor.

—Deliciosos, sí —sonrió Chase.

—Hemos compartido el tenedor y le hemos dado algo de qué hablar a los criados... como hacían Lewt, Tony y Gabe, supongo —rio ella—. La gente es igual en todas partes.

—Sí, es verdad.

—¿Te gusta tu habitación?

—Sí, mucho.

La verdad era que Chase se sentía como pez fuera del agua. En su habitación había tapices y espejos con pan de oro. Y su cama era tan alta que había que subirse en un escalón para llegar a ella.

—No me has contado nada de tu padre. Ni de tu trabajo en el campamento de verano.

—Mi trabajo... bueno, la verdad es que no tengo mucho que hacer. Las cosas que antes me interesaban ahora ya no me interesan. Te echo de menos, Chase. Y también echo de menos a Lewt y los demás. Ahora que mi padre se encuentra bien y ha vuelto a trabajar... en fin, ya no encuentro la misma satisfacción en lo que hago.

Chase miró su copa de vino, preguntándose si lo habría echado de menos tanto como él.

—O sea, que tu padre está mejor.

—Mucho mejor. Mejor que nunca.

—¿Tener cerca a Peggy Sue lo ha animado?

Mallory se pensó un momento la respuesta.

—Cuando llegué a casa mi padre estaba muy mal... Pero también él cree que Peggy Sue tiene un talento único, Chase. Por eso tienen una conexión especial.

—¿Cómo con Skylar?

—Quizá, pero por diferentes razones. Peggy Sue entendió la enfermedad de mi padre y reconoció que este era su hogar. Lo sabía, Chase. Desde el principio.

—Ya —murmuró él, escéptico.

—Ojalá pudiera convencerte.

—No he venido para discutir sobre eso, así que vamos a dejarlo. Pero tu padre... ¿vio en Peggy Sue lo mismo que veías tú?

—Mi padre está convencido de que es descendiente de los Cornelle. Y Peggy Sue ha mostrado pruebas de su linaje.

Chase levantó una ceja.

—¿Cómo?

—Te lo demostraré después de comer.

—Pero si no sabes dónde está.

Mallory sonrió como la Mona Lisa.

—Está en la isla, Chase. Eso es seguro.

Capítulo 14

MALLORY lo llevó a los establos y Chase se quedó impresionado. Tenía caballos árabes, caballos de pura raza, auténticas bellezas. Entonces le enseñó el cajón donde había estado Peggy Sue.

—Mi padre insistió en soltarla la noche que llegamos. Según él, merecía ser libre.

—Así que la soltasteis y se ha perdido, ¿es eso?

—No, no exactamente —contestó ella, sin mirarlo.

—¿Por qué no silbas como hiciste en el rancho? Allí te respondió. Lo vi con mis propios ojos.

—Creo que Peggy Sue me ignora.

—¿Por qué?

—Porque ha tomado la decisión de hacer lo que le dicta el corazón.

—¿No me digas? Creí que la habías entrenado —rio Chase.

—¿Tú nunca has querido hacer lo que te dictaba el corazón? Tú y yo nos hemos pasado la vida pensando las cosas y decidiendo qué camino queríamos tomar.

—¿Y eso es malo?

—Peggy Sue va ahora donde le place. Y tiene una libertad que yo envidio.

—Lo dices como si te hubiera faltado algo en la vida —dijo Chase entonces, señalando la casa, el precioso jardín, los establos, la piscina, la pista de tenis...

Mallory no contestó. No tenía que hacerlo. Los dos sabían que había cosas que no podían comprarse con dinero.

—Menuda finca. Te imagino cabalgando por aquí... con Galaxy.

—¿Cómo está el potro? —preguntó ella.

—Muy bien. Ha acudido gente de todo el condado para verlo.

—Me alegro.

—Es más de lo que merezco. He pensado muchas veces en devolvértelo, pero... la verdad es que es un potro maravilloso.

—Solo fue un regalo para agradecer lo bien que te portaste conmigo. Y ahora ven, quiero enseñarte algo.

Mientras lo llevaba hacia el manantial, Chase

no dejaba de mirar las montañas, los prados... Estaba pensando en la leyenda, Mallory lo sabía.

—¿Estás buscando a Peggy Sue?

—Tengo la extraña impresión de que nos está vigilando —murmuró él.

Tomaron un camino que los llevó hasta una especie de pequeño estanque rodeado de flores. Parecía alejado de todo, aunque no estaba lejos de la casa.

—Mi padre solía jugar aquí de niño. Pero se secó hace años... y míralo ahora.

—Parece sacado de una película —dijo Chase, metiéndose las manos en los bolsillos—. Y el agua es limpísima.

—Mi padre dice que tiene efectos terapéuticos.

—Un momento... no vas a decirme que esta es la fuente de la juventud, ¿no?

—En América también tenéis aguas termales.

—Eso es diferente.

Mallory sonrió.

—Peggy Sue trajo aquí a mi padre la primera noche. Se ha bañado en este manantial desde entonces y cada día está mejor —dijo, quitándose los zapatos para sentarse al borde del estanque—. A mí me parecen muchas coincidencias, ¿no crees?

—Mallory...

Pero Chase no terminó la frase. No podía dejar de mirar aquellas piernas, la curva de la rodilla, los tobillos metidos en el agua...

—Piénsalo. Mi padre llevaba años enfermo. Yo fui a Wyoming buscándola y Peggy Sue conectó

conmigo como... como hizo con Skylar. Y cuando
la traje a casa, lo primero que hizo fue buscar a mi
padre para traerlo aquí... donde nace el manantial.
En la leyenda se llama el manantial de la vida.

—Mallory...

—Y mi padre ha recuperado la salud.

—En la vida pasan cosas extrañas, inexplica-
bles, pero...

—¿No es eso lo que llaman profecías?

—Yo lo llamaría coincidencia.

—Muy bien, aceptaré eso. Por ahora —sonrió
ella, moviendo los pies en el agua—. Yo también
nado aquí, por cierto.

—¿Ah, sí? ¿Teniendo una piscina en casa?

—Sí. Este sitio es muy tranquilo, muy recon-
fortante. A veces cuando venía aquí, pensaba en ti,
en lo lejos que estabas.

—¿Me has echado de menos? —preguntó Chase entonces, conteniendo el aliento.

—Mucho —contestó Mallory, mirándolo a los
ojos.

Quería que le dijese que también él la había
echado de menos. Podía verlo en sus ojos.

Y así era. La había echado muchísimo de menos. Pero no lo dijo.

—Yo... pensé que estarías muy ocupada volviendo a tu vida de siempre, cuidando de tu padre,
de la empresa, de los caballos...

—Nunca tengo tanto trabajo como para olvidar a
alguien que es importante para mí. Y tú eres importante para mí, Chase. He compartido contigo secre-

tos que no he compartido con nadie más. ¿Te acuerdas? Sentados en la furgoneta, aquella noche, en la feria. Nunca me había sentido más cerca de alguien.

Chase hizo una mueca al recordar todo lo que le había contado sobre la muerte de su hija, sobre su divorcio...

—A veces, acercarse mucho hace que una persona recuerde cosas que no quiere recordar, Mallory.

—Pensé que acercarse a alguien era un consuelo. Para mí lo fue. Descubrí un corazón herido en ti, Chase. Y después de esa noche, pensé que querías curarlo. ¿Me equivoqué?

Él se mordió los labios, indeciso, pensando en las cosas que había guardado durante tanto tiempo. Mallory lo hacía hablar de ellas sin sentirse amenazado o débil. Conseguía hacerlo sonreír. Era una mujer extraordinaria y él era un hombre mejor por haberla tenido en su vida... aunque fuese durante poco tiempo.

—Vamos —dijo Mallory entonces, desabrochándose el vestido—. Como no vas a contestar, podemos nadar un poco...

—¿Qué haces?

—Voy a nadar. Contigo. ¿No nadáis desnudos en Wyoming? Me lo contó Lewt...

—¡Oh, no! Un momento. Si tu padre nos encuentra... o esos guardias de la puerta... me cuelgan.

Mallory se quitó el vestido. Debajo llevaba un biquini negro.

—Venga, no seas tonto. Si estás deseando...

—He venido a buscar un caballo...

—Bueno, haz lo que te dé la gana. Yo voy a nadar un rato.

Chase no podía dejar de mirar el escote del biquini, la curva de sus caderas...

—Puedes dejar las botas y los vaqueros sobre esa piedra. Yo me daré la vuelta.

Él la miró, preguntándose qué iba a hacer. El agua no distorsionaba su cuerpo, todo lo contrario; lo hacía más provocativo que nunca.

No debería sentir aquello. No era justo. Mallory se merecía algo mejor, se merecía un hombre que creyese en el matrimonio, en el compromiso, en los hijos.

Nervioso, dio un paso atrás para poner distancia entre ellos, pero al hacerlo perdió el equilibrio... y cayó al estanque, vestido.

El agua sabía a... tónico y era como un bálsamo.

«El manantial de la vida», pensó absurdamente.

Pero se sentía muy relajado, muy tranquilo... quizá aquel manantial tenía poderes después de todo.

Mientras flotaba en el agua, el pasado se desvanecía dándole una increíble sensación de esperanza. Vio el futuro que podía crear, el amor que podía compartir...

Cuando abrió los ojos, Mallory tenía la sonrisa más angelical del mundo, la luz más serena en sus ojos.

Chase estaba hipnotizado, no podía apartar la mirada.

—Has decidido nadar conmigo.

—Sí, supongo que sí.

—¿Qué tal el agua?

—Es... —no tenía palabras. Solo podía mirarla a ella, pensar en ella, dejarse afectar por ella.

—¿Sí?

—Relajante. Como si todos mis problemas hubieran desaparecido.

—Seguramente, así es. Yo vengo aquí para encontrar tranquilidad... y me ha ayudado a saber lo que quiero.

Chase la miró. Y por primera vez en su vida supo lo que quería. Quería compartirla con alguien, con una mujer como Mallory.

No. Con Mallory.

—¿Qué tal si nadamos un poco y aprovechas los beneficios de este manantial?

—Creo que ya lo he hecho —dijo él, quitándose la camisa. Después, se sentó al borde del estanque para quitarse las botas.

Cuando iba a quitarse los pantalones, vio que Mallory se ponía colorada y el gesto lo enterneció.

Era tan preciosa que memorizó cada rasgo de su rostro, cada detalle.

—¿De verdad quieres que me quite los calzoncillos?

—¿Qué más da? Tenemos todo este agua entre los dos —contestó ella.

Chase se sentía más vivo que nunca. Su corazón estaba a punto de reventar. Amor, pasión, deseo, todo estaba allí, todo envuelto en un precioso paquete: Mallory.

Que acababa de levantar los brazos para desabrocharse el biquini. El agua dejaba solo la curva de sus pechos al descubierto, pero Chase tuvo que tragar saliva.

—Parece el jardín del edén —sonrió ella, bajándose la braguita del biquini.

Nunca había conocido a una mujer que se ofreciera de forma tan inocente. Era una combinación irresistible... y él estaba perdiendo la partida.

—Mallory...

—¿Sí?

—He venido a Narwhal por ti. Porque no podía dejar de pensar en ti, en cómo has cambiado mi vida.

Lo había dicho. Por fin.

—Nos complementamos el uno al otro, Chase.

—No he venido por Peggy Sue.

Mallory se quedó pensativa.

—Y yo no he sido sincera del todo. No te invité por Peggy Sue. Te invité por mí.

Chase sonrió y ella le devolvió la sonrisa. La braguita del biquini apareció flotando un momento en la superficie y después se hundió de nuevo.

—Necesitaba verte otra vez y guardar recuerdos tuyos aquí, en mi casa.

Temblando, Chase se metió en el agua para quitarse los calzoncillos. Le daba igual recuperarlos o no. Por él, podían quedarse para siempre en el fondo de aquel manantial de fábula. Estar con Mallory era lo único que le importaba.

Pero, ¿qué podía hacer con una chica que era virgen, por muy desnuda que estuviera?

Quería decirle que la amaba. Quería gritárselo al mundo entero. Mientras lo estaba pensando, ella se alejó, nadando.

—¡Eh, no te vayas! —gritó, sujetándola por el tobillo.

Mallory dejó escapar un grito. Se hicieron ahogadillas, rieron, nadaron bajo el agua, de la mano, sus cuerpos desnudos.

Cuando salieron a la superficie, Mallory se echó el pelo hacia atrás. Tenía las pestañas mojadas y una tentadora gota de agua en los labios.

—No nos hemos dado un beso —dijo Chase.

—No, es verdad.

Se movieron a la vez, sin pensar. El agua se apartó a su paso... aceptando el beso, la unión de los corazones.

Sin embargo, cuando sus cuerpos se rozaron, Chase vaciló.

—Estábamos igual de cerca cuando bailábamos en la plaza —dijo Mallory.

—Pero...

Ella no lo dejó terminar. Y cuando le pasó los brazos por el cuello, Chase no pudo soportarlo más. La apretó contra su pecho, buscando sus labios... y el mundo empezó a girar. El agua pareció calentarse, la brisa paró para mirarlos.

Él se apartó unos segundos después, con la respiración agitada.

—En Wyoming me dije que venía a buscar a Peggy Sue, pero sabía que venía a buscarte. No podía dejarte ir —murmuró, sintiéndola temblar entre sus brazos—. Te quiero, Mallory. Creo que me enamoré de ti desde que saliste del descapotable.

—¿De verdad? ¿Tanto tiempo tardaste?

Chase sonrió.

—Parecías un ángel, saliendo de aquel coche rojo para arreglarme la vida.

—Alguien tiene que arreglártela y yo te quiero lo suficiente como para hacerlo.

—¿De verdad? ¿Me quieres?

—Pienso en ti y me duele el corazón de quererte tanto. Estos meses me ha dolido mucho.

Se miraron el uno al otro, percatándose de que estaban abriendo sus corazones, de que querían conocerse como solo dos personas que se quieren pueden hacerlo.

Chase miró los ojos azules de Mallory y encontró a la mujer de sus sueños.

Mallory miró los oscuros ojos de Chase y vio al hombre que había idealizado.

—Me encanta cómo te ríes. Cómo bromeas sobre las cosas.

—Y a mí me encanta que te hagas el duro cuando todo el mundo sabe que, por dentro, eres como un gatito.

—¿Un gatito? —repitió él, fingiendo indignación.

—Eres blandito cuando tienes que serlo. Sobre todo, cuando dices que me quieres. Dilo otra vez, por favor.

—Te quiero, Mallory Chevalle de Narwhal. ¡Y me da igual quién lo sepa!

Entonces oyeron un relincho y se volvieron, sorprendidos. Al borde del manantial estaba Peggy Sue. Su cuerno de marfil era perfectamente visible. Su crin blanca brillaba bajo los rayos del sol, creando un efecto mágico.

—Nunca había visto nada parecido. Es maravillosa.

Peggy Sue se dio la vuelta y Chase temió no volver a verla nunca más. Pero reapareció poco después.

—Venga, sal. Ha venido a verte —dijo Mallory.

Chase no podía creer que aquel fuera el mismo animal que daba patadas en el cajón. Nervioso, salió del agua y alargó una mano... en son de paz.

Peggy Sue inclinó la cabeza y la acercó a su cuello para darle besitos con su aterciopelada nariz.

—Le ha crecido el cuerno.

—Sí.

—Y se ha vuelto muy amable.

—Desde luego.

—¿Qué le ha pasado? —preguntó Chase, incrédulo.

Peggy Sue levantó una ceja, como si la pregunta le pareciese divertida. Entonces miró a Mallory y sacudió la cabeza.

—Peggy Sue es una chica muy feliz... porque ha encontrado a su alma gemela.

—¿Su qué?

Como si lo hubieran llamado, en ese momento

apareció el semental negro, golpeando el suelo con los cascos.

—Vaya, vaya, vaya...

Peggy Sue levantó la cabeza para mirarlo, casi con gesto de amor.

—Muy bien, me has convencido. Este es tu hogar. Y también me has convencido de que eres un unicornio. Pero si te veo caminar sobre el agua, haré lo que me pidas.

Peggy Sue movió las orejas, retadora.

—Cuidado con lo que prometes —sonrió Mallory.

—Por favor...

—Quiere que le prometas que vas a seguir adelante con tu vida. Como ella sigue con la suya.

Chase hizo una mueca de incredulidad. Y entonces, como si estuviera riéndose de él, Peggy Sue se metió en el manantial. Cuando llegó a lo más hondo, se dio la vuelta, ejecutando una especie de increíble pirueta.

—¡Eso no lo había hecho antes! —exclamó Mallory—. Mírala, está bailando.

Chase no dijo nada, pero su expresión de sorpresa lo decía todo. Poco después, los dos animales desaparecieron por el prado, galopando alegremente.

—Vaya... y se lo he prometido.

—Sí.

—Le he prometido seguir adelante con mi vida.

—Lo sé, Chase. Pero... no tienes que hacer nada drástico.

—Es que ahora sé lo que quiero, Mallory —
dijo él entonces, ofreciéndole la camisa para cu-
brir su desnudez.

—¿Qué vas a hacer?

—Lo primero, casarme contigo. Quiero desper-
tarme a tu lado cada mañana, quiero que desayu-
nemos juntos...

—¿Qué?

—Lo que he dicho.

—¿Es una broma?

—En absoluto. ¿Quieres casarte conmigo, Mallory Chevalle? No deberíamos nadar desnudos
sin haber pasado por la iglesia. Lo siento, pero soy
un hombre tradicional... y te quiero. ¿Quieres casarte conmigo?

A Mallory le temblaban las rodillas.

«Di que sí, di que sí», le insistía una vocecita.

—Pero, ¿cuándo?

Chase acarició su pelo con ternura.

—En cuanto sea posible. Porque no puedo esperar mucho más, cariño. De verdad, no puedo.
Tenemos razones para estar juntos y no debemos
esperar más que lo estrictamente necesario.

Capítulo 15

LO hicieron todo de la forma tradicional. Chase le había pedido su mano a Hewitt Chevalle y él había aceptado, mostrando su felicidad. Durante diez días, Mallory recordó la escena, como si fuera un sueño.

«Es como si los hados bendijeran esta unión», había anunciado Hewitt, insistiendo en brindar con la mejor botella de vino.

—Yo creo que esto es parte de la profecía. Que mi querida hija se case y disfrute de un amor eterno con el hombre de sus sueños.

Los planes para la boda empezaron de inmediato.

—Lo tengo todo preparado —dijo Chase, entrando en el salón—. Como lo habíamos hablado...

—¡Chase! No deberías entrar aquí. Estoy tomando decisiones sobre asuntos muy... femeninos.

Él observó un montón de ropa interior tirada en el sofá: negligés, camisones, picardías de seda. Sonriendo, tomó uno de color azul agua, casi transparente.

—Este me gusta. Es casi como cuando te vi desnuda en el manantial...

—¡Chase! ¡La diseñadora de Vousarre está aquí!

—Ah, perdón —se disculpó él.

La mujer, con un elegante moño francés, soltó una carcajada.

—Eres una mujer afortunada, Mallory.

—Lo sé.

—Tengo que hablar con tu padre un momento. Y creo que tú tienes que hablar con tu prometido, ¿no?

—Sí, claro —murmuró ella. Cuando se volvió, Chase estaba jugando con unas braguitas negras—. ¿Qué haces?

—Estaba recordando cuando llegaste al rancho y vi cosas parecidas a estas en tu maleta.

—Pero ahora no quiero que veas nada. Solo después de la boda —protestó Mallory.

—Me encantan estas cositas de encaje —dijo Chase, pasándole un brazo por la cintura.

«Estas cositas». Le encantaba oírlo hablar así.

—Dilo otra vez.

—Lo tengo todo planeado...

—No, eso no.

—Pero es que lo tengo todo planeado. Bob se quedará en el rancho en invierno, así yo podré quedarme aquí y tú podrás estar cerca de tu padre. Pasaremos los veranos en Wyoming para no dejar solos a Lewt y los chicos.

—Ah...

Le daba igual dónde vivieran, lo importante era estar a su lado, oír su voz, disfrutar de sus besos. A veces hasta le daba vergüenza lo tonta que se estaba volviendo.

—¿Qué pasa? Pensé que eso era lo que querías.

—Claro que sí.

—Tu padre ha dicho que está arreglando las cosas para que el negocio se lleve casi por sí mismo. Pero si crees que deberías estar aquí todo el año...

—No, no es eso.

—Le he dicho que trabajaría con vosotros en el negocio si fuera necesario. Pero yo ya tengo todo lo que necesito, Mallory. No me caso contigo por eso.

—Lo sé. Siempre lo he sabido.

—Llámalo orgullo, pero le he jurado a tu padre que te quiero, que esa es la única razón por la que me caso contigo. Ni su dinero, ni su estatus social, nada, solo tú.

Ella levantó una ceja.

—Un momento. ¿No te gusta nada de mi vida?

—Sí, me gusta una cosa, el campamento de verano. Cuando he visto todo lo que has hecho por esos niños me he dado cuenta de que es algo que yo también necesitaba. Me rejuvenece. Y espero que me dejes trabajar contigo. Es como si así, hiciera algo por Skylar.

Mallory lo abrazó, llena de ternura.

—Claro que sí. Además, haremos algo especial en memoria de tu hija. Pero sobre lo otro, lo que no te gustaba...

—¿La ropa interior? Es que no creo que la lleves puesta mucho tiempo —rio Chase.

—No, tonto, no me refería a eso.

—¿Qué estás preguntando?

—¿Seguro que quieres casarte, Chase? ¿De verdad? A veces creo que todo esto ha ocurrido demasiado rápido. ¿Seguro que quieres vivir en Europa?

—Mallory Beatrice Chevalle, estoy completamente seguro. Nadie podría llevarme al altar si no estuviera absolutamente convencido.

Se casaron cerca del manantial, rodeados de parientes y amigos. Mallory fue del brazo de su padre subida en una carroza blanca. Peggy Sue y su novio tiraban de ella, sus crines adornadas con flores silvestres.

Los encargados del establo habían tenido problemas para ponérselas al semental... hasta que Peggy Sue lo puso en su sitio con una sola mirada.

Bob Llewelyn, Lewt, Tony y Gabe fueron los testigos del novio.

Cuando Mallory y Chase intercambiaron los

votos, sonó el himno de Narwhal y el banquete fue amenizado por una orquesta.

—Mira eso, juraría que Peggy Sue le ha guiñado un ojo a su novio —rio Chase.

—Seguramente lo ha hecho. Se pasan el día así, es una vergüenza.

El banquete se celebró en los jardines de la finca, en mesas decoradas con manteles de hilo y fina porcelana inglesa. El cocinero había hecho una enorme tarta nupcial que los novios partieron con un viejo sable español.

Lewt le explicó a su padre cómo conseguir un póquer de ases sin tener póquer ni tener ases y, en general, fue una fiesta maravillosa en la que intercambiaron tradiciones, risas y esperanza.

—¿Nos vamos? —preguntó Chase, mirando por enésima vez el reloj—. Ha sido una fiesta preciosa, pero me gustaría estar a solas con la novia.

—Vamos a despedirnos de todo el mundo.

Su padre se despidió de ellos con un abrazo, recordándoles que el desayuno se serviría a las diez, ya que la mayoría de los invitados se quedarían a dormir en el castillo.

—Eres un buen hombre, Chase Wells. Quiero darte las gracias por hacer tan feliz a mi hija. Y debéis tener niños antes de que yo sea demasiado viejo como para disfrutarlos.

—¡Papá! —exclamó Mallory.

—Vamos, vamos. Podéis marcharos, yo tengo que bailar.

Chase y Mallory desaparecieron por el jardín y,

antes de llegar a la puerta, él la besó, bajo los árboles. Después entraron de la mano en la casa.

—Estamos solos. Todo el mundo está en el banquete.

—Pues vamos a aprovecharnos —sonrió Chase, besándola de nuevo—. En América la costumbre es llevar en brazos a la novia.

—Ah, pues entonces será mejor esperar hasta que lleguemos a Wyoming.

—Lo que tú digas.

Subieron la escalera parándose a cada momento para besarse, cada vez con más pasión, con más urgencia. Chase empezó a desabrochar los botones del vestido.

—¿Qué haces, tonto?

—Es para ganar tiempo.

Se escondieron entre las sombras del pasillo para besarse otra vez. Las caricias de Chase eran cada vez más atrevidas, pero Mallory no pensaba protestar.

—Siempre he querido besarte aquí, entre todos estos cuadros. Cada vez que veo este —dijo él, señalando el retrato de una mujer muy hermosa— me acuerdo de ti en el manantial... tan inocente.

—Tan enamorada.

Chase la acariciaba por encima del vestido, sin dejar de besarla. Intentó bajar el escote para buscar sus pechos, pero Mallory estaba prácticamente cosida al vestido de novia.

—Vamos a la habitación —dijo con voz ronca.

Corrieron hacia la suite y soltaron una carcaja-

da al ver que los criados habían echado pétalos de
rosa sobre la cama. También había una botella de
champán en un cubo de hielo y una bandeja con
chocolatinas.

—Dicen que el chocolate es afrodisíaco.

—No necesito afrodisíacos —sonrió Chase,
apretándola contra su pecho—. Así es como debe
ser un matrimonio. Que los novios se deseen tanto
el uno al otro que no puedan soportarlo.

Mallory empezó a quitarse el velo, pero Chase
se lo impidió. Él mismo le quitó las horquillas.

—Siempre me ha gustado tu pelo, desde el primer día. Bueno, me gusta todo de ti. ¿Sabes que
cuando montábamos a caballo te dejaba ir delante
para verte el trasero?

—¿En serio?

—En serio. A veces siento que debo memori-
zar esas cosas para no olvidarlas nunca.

—Chase...

—¿Sí?

—Cuando hemos hecho los votos decíamos las
palabras «amar, honrar, respetar»... pero yo no dejaba de preguntarme cómo podría decirte que te
quiero con todo mi corazón. No puedo vivir sin ti,
no puedo respirar sin ti. ¿Cómo puede ser eso? A
veces me siento tan llena de amor que no puedo
contenerlo.

Chase cerró los ojos, emocionado.

—Creo que entre nosotros siempre será así.
Cada momento, cada recuerdo será una razón más
para querernos.

Se quedaron en silencio, abrazados, sintiendo el frescor de la brisa que entraba por la ventana abierta.

—Este vestido es un latazo para alguien que tiene prisa —se disculpó Mallory cuando Chase empezó a jugar con los botones.

—¿Y quién tiene prisa? Tenemos toda la vida por delante, cariño. Aunque debo confesar que estoy a punto de volverme loco.

Cuando por fin Mallory pudo quitarse el vestido, Chase tuvo que tragar saliva. Llevaba un conjunto de encaje blanco y medias de seda del mismo color.

Estaba tan sexy que la tumbó sobre la cama y le quitó las medias casi a tirones mientras ella le desabrochaba la camisa. Mallory enterró la cara en su torso, besándolo, buscando el sitio donde Peggy Sue lo había coceado.

—Hace tiempo te pedí que me besaras porque estaba malito —susurró Chase.

—Fue nuestro primer beso.

Poco a poco, la ropa desapareció y quedaron piel con piel. Su amante, su marido. Él tocaba sus lugares secretos y ella descubría los suyos. Era precioso.

Chase buscó sus pechos con la boca mientras llevaba la mano de Mallory hacia su erguido miembro.

—No quiero hacerte daño —murmuró cuando estaba entre sus piernas.

—Te deseo, Chase. No vas a hacerme daño.

—Pero es tu primera vez y nos unirá para toda la eternidad —dijo él, acariciándola sabiamente, humedeciéndola con los dedos. Cuando por fin la penetró, Mallory hizo un gesto de dolor—. Tranquila, cariño, tranquila. Te quiero, amor mío.

Entonces empezó a moverse despacio, mirándola a los ojos, hasta que supo que podía incrementar el ritmo.

Mallory disfrutaba tanto como él, sintiendo que algo explotaba en su interior con cada embestida. Temblaba entre sus brazos, mareada de placer.

Durmieron abrazados y Chase se preguntó si era un hombre más débil o más fuerte por culpa de aquella mujer.

Daba igual, porque era más feliz que nunca. Gracias a Mallory Chevalle.

Había dado la vuelta al mundo para encontrarla y no lo lamentaba en absoluto. Pasaría el resto de su vida amándola.

Mallory se volvió para mirarlo a los ojos.

—¿Lo has oído?

—¿Qué? —murmuró Chase, medio dormido.

—Peggy Sue.

—¿Peggy Sue? Pero si son las cinco de la mañana.

—Vamos a levantarnos.

—¿Ahora?

—Sí. Luego tendremos tiempo para... ya sabes.

—Debería dolerte un poco.

—¿A mí? Estoy bien.

—Lo sé —sonrió él—. Más que bien.

Mallory corrió hacia el balcón.

—Mira, está aquí abajo. Y el semental está con ella —exclamó.

—Son preciosos, ¿verdad? No he visto nada más bonito en mi vida —sonrió Chase, dándole una palmada en el trasero—. Mejorando lo presente.

—¡Chase!

—Mira lo que están haciendo. Es nuestro regalo de boda.

Los caballos movían las crines y levantaban las patas, en un perfecto espectáculo ecuestre dedicado solo a ellos.

—Peggy Sue es un animal único... pero su nombre es demasiado vulgar, ¿no te parece? —preguntó Mallory.

—Peggy Sue no es su nombre de verdad. En realidad, se llama Pegaso. Le leí a Skylar la historia del mítico caballo alado, pero como ella no podía pronunciarlo bien porque era muy pequeña acabó llamándola así —suspiró Chase—. Qué curioso, se me había olvidado. Aparentemente, la vida real y la leyenda han formado un círculo perfecto.

—Sí, es verdad.

—Ahora solo faltan los hijos.

—Hijos —repitió ella, llevándose una mano al vientre. Era cierto, podría llevar un niño en sus entrañas.

—No me refería a nosotros, sino a Peggy Sue

—rio Chase—. ¿No has notado que está preñada?

Mallory observó las crines blancas de la yegua, que se alejaba galopando con su semental. Peggy Sue iba a ser mamá.

—Dentro de poco otro Chevalle Cornelle estará trotando por estos prados. Probablemente con nuestros hijos. Y tendremos montones de hijos —dijo Chase entonces, abrazándola—. Para contentar a tu padre, claro.

Mallory sintió un pellizco en el corazón.

—Tenemos tanto que hacer, Chase... y tanto amor que darnos. Nunca había pensado en tener hijos hasta que te conocí. ¿Lo sabías?

—¿Y ahora?

—Ahora creo que sería el trabajo más importante del mundo.

—Y yo quiero tener otro hijo contigo, Mallory.

Se quedaron en silencio, abrazados, mirando cómo amanecía sobre la finca.

—Te quiero —dijo ella en voz baja—. He esperado toda mi vida para decir esas palabras y ahora me parecen tan grandes que apenas puedo con ellas. Te has convertido en lo más importante de mi vida, Chase. Eres mi alma gemela.

—Te quiero, Mallory. Y te querré para siempre —susurró él—. Has traído una alegría infinita a mi vida. Me has hecho creer cosas que nunca antes creí posibles.

—¿La leyenda?

—No, más que eso. Me has hecho creer que podía arriesgarme a amar otra vez.

—Nos hemos arriesgado los dos, Chase. Y hemos ganado.

Miraron de nuevo hacia el horizonte, observando galopar al unicornio antes de desaparecer en dirección al manantial. Había sido una larga jornada, pero los había llevado a casa.

El amor crecería en sus corazones... como crece en los corazones de todos aquellos que creen.

Deseo®...
Donde Vive la Pasión

¡Los títulos de Harlequin Deseo® te harán vibrar!

¡Pídelos ya! Y recibe un descuento especial
por la orden de dos o más títulos

HD#35327	UN PEQUEÑO SECRETO	$3.50 ☐
HD#35329	CUESTIÓN DE SUERTE	$3.50 ☐
HD#35331	AMAR A ESCONDIDAS	$3.50 ☐
HD#35334	CUATRO HOMBRES Y UNA DAMA	$3.50 ☐
HD#35336	UN PLAN PERFECTO	$3.50 ☐

(cantidades disponibles limitadas en algunos títulos)
CANTIDAD TOTAL $ _____
DESCUENTO: **10% PARA 2 Ó MÁS TÍTULOS** $ _____
GASTOS DE CORREOS Y MANIPULACIÓN $ _____
(1$ por 1 libro, 50 centavos por cada libro adicional)

IMPUESTOS* $ _____

<u>TOTAL A PAGAR</u> $ _____
(Cheque o money order—rogamos no enviar dinero en efectivo)

Para hacer el pedido, rellene y envíe este impreso con su nombre, dirección
y zip code junto con un cheque o money order por el importe total arriba
mencionado, a nombre de Harlequin Deseo, 3010 Walden Avenue, P.O. Box
9077, Buffalo, NY 14269-9047.

Nombre: _____

Dirección: _____ Ciudad: _____

Estado: _____ Zip Code: _____

Nº de cuenta (si fuera necesario):_____

*Los residentes en Nueva York deben añadir los impuestos locales.

Harlequin Deseo®

CBDES3

BIANCA.

Él jamás caería en la tentación... ¿o sí?

El empresario millonario Ethan Hayes no dejaba de repetirse que la tentadora Eve no era más que una jovencita rica y malcriada, acostumbrada a que los hombres cayeran rendidos a sus pies. Sin embargo, cuando se encontró en peligro, Ethan la ayudó y accedió a hacerse pasar por su prometido para tranquilizar a su abuelo.

De pronto, se dio cuenta de que pasaba con ella las veinticuatro horas del día y eso suponía demasiado esfuerzo para no caer en la tentación. En solo un par de semanas su falso noviazgo habría acabado y Eve lo olvidaría. ¿O no?

Michelle Reid

MASCARADA

MASCARAD

Michelle Rei

¡YA EN TU PUNTO DE VENTA!

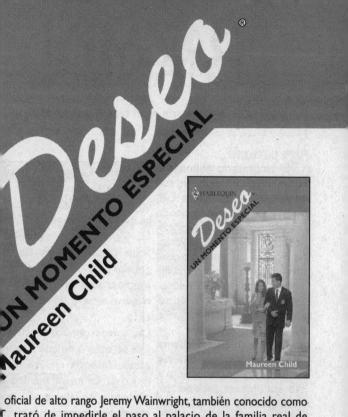

oficial de alto rango Jeremy Wainwright, también conocido como
.., trató de impedirle el paso al palacio de la familia real de
nwyck; pero una reportera tan testaruda como Jade Erickson no
a el tipo de mujer que admitía un no por respuesta. Especialmen-
si el hombre que trataba de detenerla era su propio ex marido.
na vez dentro de la residencia real, Jade y J.T. se quedaron atrapa-
s en un ascensor los dos juntos, y solos. Con la tensión del mo-
ento y el deseo aumentando por momentos, volvió a renacer la
sión de antaño. Cuando por fin consiguieron salir de allí, Jade
scubrió que su vida corría peligro. ¿Protegería J.T. a la mujer que
a vez había amado... de aquel peligro desconocido?

Estaban atrapados en un ascensor

¡YA EN TU PUNTO DE VENTA!

JAZMIN

JESSICA STEELE
Algo personal

Era la secretaria perfecta... ¿y la esposa ideal?

Chesnie Cosgrove estab emocionada desde que hab empezado a trabajar para guapísimo magnate Jo Davenport. Lo más difícil d aquel empleo no era las ex gencias de Joel, que era muchas, sino la cantidad d mujeres que intentaba sed cirlo.

Las tornas cambiaron cuand Joel se enteró de que Chesni estaba saliendo con su máxi mo rival. La mejor manera d solucionar aquel pequeño pro blema era anunciar su prop compromiso... ¡con Chesni Pero ¿su proposición e estrictamente profesional... había también algo personal?

¡YA EN TU PUNTO DE VENTA!